Eclats de llum

La Luciole Masquée

Eclats de llum

Contes & nouvelles

© 2022 La Luciole Masquée

Édition BoD – Books on Demand,
12/14 Rond-point des Champs-Élysées, 75008 Paris
Impression : BoD – Books on Demand, Norderstedt, Allemagne
ISBN : 9782322395040
Dépôt légal : mai 2022
Maquette et infographie : Maryse RECORDON
Photo de couverture : Irina KHARCHENKO
Illustrations : Llum Llum

Pour ma fille Yola, inspiratrice de ma vie et mon mari, Denis, qui fait fleurir dans mon cœur le jardin du bonheur.

POUR L'AMOUR DE PYRÈNE

Les légendes naissent pour guider, émerveiller et plonger les hommes dans un monde où chacun peut donner un sens à sa propre destinée. Ainsi, à l'aube des temps, lorsque le monde était répartie en royaumes, gouvernés par d'illustres et puissants guerriers, les mariages entre grands clans permettaient à chacun d'étendre son territoire. Dans l'un de ces empires, balayé par des vents vigoureux vivait un de ces peuples : les Bekrydes. Leur chef, Bebryx avait établi son palais dans l'une des plus vastes grottes connues des hommes. Il élevait de façon très protectrice son unique fille, la flamboyante Pyrène[1], en âge de prendre un mari et prévoyait déjà d'accroître son pays, car elle était en âge de prendre un mari.

Pyrène était courtisée par tous les rois

---

[1] Conte librement inspiré par la légende de Pyrène et les douze travaux d'Hercules.

solitaires, les princes et les plus valeureux seigneurs des environs sans qu'aucun trouve grâce à ses yeux. La jeune femme souhaitait vivre sans contraintes et exercer cette liberté autant que la patience de son père le lui permettrait. Elle passait ses journées dans la nature. Elle adorait sentir le vent jouer avec ses boucles brunes, courir dans la tempête, grimper en haut des grands châtaigniers et se baigner dans les cours d'eau cristallins. Elle avait réussi à se faire adopter d'un aigle royal qu'elle nommait affectueusement Oukpik. Il était devenu ses yeux dans le ciel et la protégeait des attaques d'ours sauvages.

Lors d'une de ses escapades, tandis qu'elle nageait dans une rivière fraîche, elle fut alertée par Oukpik qui tournoyait au-dessus d'elle. Elle se retourna, et découvrit un homme d'une carrure extraordinaire posté sur la berge. La barbe bien taillée à la différence des guerriers de son clan, des vêtements étranges et une immense massue qu'il portait sur l'épaule, Pyrène en conclut qu'il n'était pas de leur contrée. Son cœur se mit à battre plus fort dans sa poitrine.

« Qui êtes-vous ? demanda-t-elle d'une voix ferme en sortant de l'eau pour se rhabiller et prendre au passage une dague fine que son père avait fait forger à son intention.

— Je me nomme Hercule, fils de Zeus et d'Alcmène.

Répondit-il avec douceur avant de poursuivre : me permettez-vous de boire à cette rivière ?

— Bien entendu. Dis plus timidement Pyrène qui trouvait le nouveau venu plutôt séduisant. Oukpik vint se poser sur son bras.

— Votre ami est un bel atout dans ses bois dangereux. Comment vous appelez-vous ?

— Pyrène, fille de Bebryx roi des Bekrydes, annonça-t-elle tout en l'observant droit dans les yeux. Il émanait de lui un mélange de sincérité et de bonté.

— Puis-je vous demander l'hospitalité pour ce soir ? Je fais un long voyage.

— Mon père, je suis sûre, sera ravi d'écouter votre histoire. ».

Il la suivit jusqu'à la plus grande grotte qu'il ait jamais vue. Là, il fit la rencontre du peuple des Bekrydes. Le roi Bebryx était impressionné par la stature hors du commun d'Hercule, il décida de donner un repas en son honneur où il convia ses plus vaillants soldats. Grisé par le bon vin et par les yeux flamboyants de Pyrène, Hercule se mit à raconter son voyage et ses exploits : le lion de Némée par exemple qu'il lui fallut étouffer, car son épiderme était impossible à transpercer d'une arme. À la suite de cet exploit, il avait gardé la peau. L'assemblée applaudie faisant résonner comme jamais la caverne de Bebryx. Pyrène se rapprocha et caressa la peau de cet animal légendaire. Elle sentit aussi son cœur se réchauffer au passé héroïque de ce guerrier grec.

Il poursuivit en parlant de l'hydre de Lerne qui vivait dans un marécage non loin de Tyranthe. Chacun fit silence, lorsque Hercule décrivit le monstre qui possédait neuf têtes. Cette créature était également le fils de Typhon tout comme le lion de Némée. Son haleine empoisonnée dissuadait quiconque de l'attaquer et sa tête centrale était immortelle. Il raconta comment il utilisa le sang du monstre pour le vaincre. Et ainsi de suite, jusqu'au but de son voyage, sa dixième épreuve : voler les bœufs de Géryon. L'assemblée retint son souffle. Ce géant régnait sur l'Erythie, une contrée voisine. Et au lieu de s'entourer d'êtres humains, il vivait avec un troupeau de bœufs rouges redoutables. Il était craint par sa stature et son physique très particulier, un corps et trois têtes et également son chien Orthros, frère du célèbre Cerbère.

Pyrène arrêta le récit d'Hercule, elle se leva, frappa dans un tambourin et dansa pour lui. Ce dernier ne restait pas insensible aux charmes de la belle brune aux yeux de feu, portant à bout de bras un aigle royal.

Le soir, sous les étoiles étincelantes au-dessus des montagnes, Hercule se promena avec la princesse et il conquit secrètement son cœur. Leur amour enflamma le ciel tout entier, les vergers et leurs deux âmes. Mais Hercule n'en oublia pas sa mission et surtout la terrible malédiction que la déesse Héra lui avait jetée. Condamné à ne pas avoir de relation durable, il souffrait de cette punition, car il ressentait pour Pyrène des sentiments sincères. Malgré les supplications de sa douce, Hercule s'en alla pour tenter d'accomplir sa dixième épreuve : voler le bétail du roi Géryon.

Pyrène resta bien seule et triste. Tant est si bien que son père Bebryx commença à se demander si sa fille n'était pas tombée amoureuse de l'étranger sans royaume. La jeune femme qui savait son père colérique nia tout. Mais, quelque temps plus tard, elle sentit quelque chose changer en elle. Sa taille si fine s'arrondit, son appétit devint aussi plus grand. Elle questionna la sage de leur peuple qui lui confirma ses doutes. Elle attendait un bébé pour bientôt. Aussitôt, elle comprit que son père n'accepterait jamais un tel affront, et qu'elle risquait sa vie et celle de son enfant à rester parmi son peuple. Elle décida de fuir le royaume de Bekrydes et de se cacher dans la forêt en espérant le retour d'Hercule. Oukpik l'accompagna dans sa fugue en l'alertant des zones à éviter pour quitter le camp sans se faire remarquer.

La forêt qui avait toujours été son jardin secret devint sa nouvelle maison. Elle se confectionna un abri avec des branches, mangea des fraises sauvages, des mûres, des amandes et des noisettes. Oukpik lui chassa également quelques proies. Et ainsi passa le temps, jusqu'au jour où elle sentit les premiers signes de son enfantement. Prise de peur, elle confia à Oukpik le soin de retrouver Hercule et de le ramener au plus vite. Elle noua à l'une de ses pattes, un tissu provenant de ses cheveux et l'aigle s'envola.

Sur le chemin du retour, Hercule entendit les cris stridents d'un aigle royal qui tournoyait au-dessus de lui. Il leva les yeux, et reconnut l'aigle de Pyrène : Oukpik. Hercule lui tendit son bras et l'aigle vint se poser. L'aigle regarda vers les montagnes en criant. Hercule comprit aussitôt que quelque chose de grave devait arriver à son tendre amour pour que cette dernière lui envoie son oiseau. Sans perdre un instant, il accéléra le pas et guidé par Oukpik, ils traversèrent ainsi toute l'Espagne, suivit du troupeau de Géryon.

Pyrène s'impatienta de ne pas voir revenir Hercule et Oukpik et elle alla au-devant d'eux. Aidée d'un bâton, elle se mit en marche dans la montagne sans la protection de son aigle. Au cours de son chemin, elle sentit derrière elle le souffle chaud d'un animal, elle saisit son bâton de ses deux mains se retourna, mais l'animal était un terrible ours brun qui s'approcha d'elle et lui assena un terrible coup de griffe qui la terrassa. Pyrène, hurla de douleur.

Hercule qui entendit l'écho d'une voix agonisante, laissa sur place son troupeau et utilisa sa force de demi-dieu. En quelques bonds, il passa au-dessus des cimes et des torrents et accourut pour la recueillir dans ses bras sa bien-aimée mourante. Un étrange serpent aux écailles dorées était lové dans ses bras. Hercule ne comprit pas tout de suite, mais ce serpent était le fruit de leur amour. Le cœur d'Hercule resta muet tant la douleur était grande de voir ainsi Pyrène et leur enfant sans vie. Il nettoya sa bien-aimée, lui remit une robe blanche et des fleurs dans ses beaux cheveux et la porta dans ses bras jusqu'au royaume des Bekrydes.

Le roi Bebryx accueilli Hercule le cœur brisé en voyant sa douce Pyrène sans vie gisant dans ses bras. Durant des semaines, et des mois, ils l'avaient cherché sans succès dans tout le royaume. Hercule s'enfonça dans le réseau de galeries de la grotte, il trouva un endroit merveilleux, près d'un lac souterrain, il déposa la douce Pyrène et l'enferma dans un tombeau construit à la force de ses mains, avec des roches aux couleurs de nacre et d'or. Il invita ensuite tout son peuple à venir lui faire ses adieux. Puis, ils sortirent tous de la grotte et Hercule entassa tous les rochers qu'il trouva et façonna de la Méditerranée à l'océan, une immense chaîne de montagnes. Hercule ému par la perte de Pyrène prononça ces quelques mots d'adieu : « Je souhaite que personne n'oublie ton nom, ta force et ta beauté. De cet endroit je vais bâtir pour toi la plus belle des maisons, une montagne qui portera pour toujours ton nom : Pyrénées ». Puis, Hercule s'en alla le cœur blessé avec ses bœufs via la Gaule, l'Italie, l'Illyrie, l'Épire et l'Hellade vers Mycène et la suite de ses travaux.

L'amour a guidé Hercule vers Pyrène, leur passion donna naissance à une montagne qui inspire encore de nos jours par sa grâce et sa bienveillance tous les peuples qui vivent à ses pieds.

LES YEUX VERTS

La soirée était agréable en ce beau mois d'août. Xoán avait invité son meilleur ami Justin à passer une semaine en Galice, une région verdoyante à l'extrémité atlantique de l'Espagne afin d'oublier sa dernière déception amoureuse en date. Après plus de dix heures de voiture, ils se trouvaient sur une route qui serpentait au milieu d'une nature majestueuse. Ils ne rencontrèrent sur leur chemin que quelques maisons abandonnées qui tombaient en ruine, recouvertes de massifs de ronces et de mûriers sauvages.

Justin, dont les jambes réclamaient de se dégourdir à tout prix, regardait Xoán avec insistance. Devant l'indifférence de son ami, il décida de lui poser LA question qui lui brûlait les lèvres depuis déjà quelques heures :

— On est perdu ? Tu sais, tu peux me le dire... Je ne t'en voudrais pas...

— Déstresse mon pote ! Je t'ai dit que tu aurais une surprise, répondit Xoán avec un sourire en coin.

— Tu es sûr qu'on n'est pas paumés ? Cela fait une bonne demi-heure qu'on ne voit pas une seule maison habitée. Tu ne vas pas me faire dormir dans une de ces ruines quand même ?

— Décidément, les surprises et toi ! Détends-toi !

La nuit commençait à tomber quand Xoán explosa de joie.

— On y est !

Justin aperçut sur le bord de la route un panneau rouillé qui indiquait le nom d'un village : Cuatrovientos. Puis, un peu plus loin, il découvrit la silhouette d'une maison devant laquelle Xoán gara sa voiture. Aussitôt, un berger allemand arriva en aboyant amicalement.

— Markès ! Mon brave, tu es toujours là ? lança Xoán avec tendresse.

Justin avait rarement vu son colocataire si heureux. Il inspecta les lieux. C'était une bâtisse de deux étages, peinte en vert forêt. L'entrée était surmontée d'une enseigne qui indiquait le mot « Bar ».

— Et voilà ! enchaîna Xoán avec un large sourire. Mes

cousins Miguel et Sylvia gèrent un bar restaurant ! Allez, tu viens ?

Il prit les deux sacs à dos dans le coffre de sa voiture et invita son camarade à le suivre.

Justin n'était pas au bout de ses surprises, car si le parking était désert, à l'intérieur, le bar était bondé de monde. Des clients de tout âge, étaient accoudés au comptoir, certains trinquaient assis à des tables. D'autres jouaient aux cartes et une télévision braillait dans un coin. Un jeune homme arriva, un fût de bière sur l'épaule ; il interpella d'emblée Xoán tandis qu'une femme d'âge mûr vint le prendre dans ses bras. La famille de Xoán accueillit Justin comme si lui-même en faisait partie. Il reçut son lot d'embrassades et de tapes dans le dos. Puis les deux amis furent invités à se diriger dans une salle située derrière le bar où les attendait une grande table déjà dressée pour le souper. Ellia, la tante de Xoán, une femme aux yeux pétillants, leur avait concocté le fameux caldo, suivi de chorizo bouilli et de pommes de terre, sans oublier la célèbre empanada. La tablée comptait plus d'une trentaine de personnes, car toute la famille s'était réunie pour fêter leur arrivée.

— Maintenant, je suis vraiment à la maison ! s'exclama Xoán en se caressant le ventre.

— Oui, moi aussi apparemment, ajouta Justin, moins démonstratif. Mais, dis-moi, quelle langue parlent-ils ?

Je ne pige pas tout ce qu'ils se disent !
— Deuxième surprise, c'est du galicien ! Mais ils comprennent très bien ton espagnol universitaire.
— Très drôle ! répondit Justin un peu vexé. La nuit était bien avancée quand Ellia les invita à la suivre à l'étage. Elle leur avait préparé une chambre, composée de lits jumeaux. Une fois seuls, ils commencèrent à déballer leurs affaires. Justin sortit ses chaussures de course et annonça à son ami :
— Demain matin, j'irai faire un tour ! J'ai besoin de me vider la tête.
— Sans moi ! Je suis en vacances. J'espère que tu vas te détendre un peu quand même, répondit Xoán en s'allongeant sur son lit. Et surtout, tu vas oublier cette pimbêche d'Olivia.
— Et bien, c'est exactement ce que je vais faire ! Rien de mieux qu'un petit décrassage matinal pour découvrir le coin et tenter d'effacer la splendide poupée qui m'a piétiné le cœur avec ses talons aiguilles.
— Au moins, tu ne rencontreras pas ce genre de nana ici. Dit-il en lui faisant un clin d'œil, puis il poursuivit d'une voix mielleuse. Prends une veste. On est à plus de mille mètres d'altitude, ajouta Xoán qui somnolait déjà.
    Le lendemain, très tôt, Justin enfila un sweat shirt à capuche et sortit sans faire de bruit. Le soleil

n'allait pas tarder à se lever, Markès aboya légèrement comme s'il savait qu'à certaines heures il valait mieux ne pas réveiller la maison. Une brume épaisse noyait la vallée en contrebas et le bar semblait léviter dans le ciel. L'air était frais et d'une pureté qui vivifia chaque cellule du corps de Justin. Il entama son programme d'échauffement en restant sur la route principale. Il courut pendant vingt minutes sans rien voir devant lui. Justin se concentra sur sa respiration et tenta de vider son esprit. Mais ces derniers temps, Olivia hantait toutes ses pensées. Il ne cessait de se remémorer ses magnifiques cheveux dorés, retombant gracieusement sur ses hanches, et ses yeux bleu océan qui le menaient par le bout du nez. Depuis leur rupture, il vivait un manque émotionnel et physique intense. Même le sport et ce voyage au fin fond de la péninsule ibérique n'y faisaient rien. Il sentit son cœur se serrer dans sa poitrine douloureusement. Sans la ténacité de Xoán, il ne serait jamais venu en Galice. Il décida de faire demi-tour avant de s'égarer. C'est alors qu'il entendit derrière lui le bruit de ce qui devait être la foulée régulière d'un animal sur le bitume. La bête se retrouva très vite à ses côtés. Dans la brume, Justin discerna la forme d'un chien, il crut que c'était celui du bar.

« Markès ? » lança-t-il en s'arrêtant pour le caresser. Mais ce chien-là n'avait ni la même couleur ni la taille du berger allemand de Miguel. Justin le regarda plus attentivement et la bête grogna, dévoilant ses babines et des dents pointues. Justin s'écarta lentement et l'animal disparut dans l'épais nuage blanc. Après quelques minutes de stupéfaction, le jeune homme eut la certitude d'avoir rencontré un loup. Xoán lui avait signalé que Cuatrovientos se trouvait au cœur d'une importante réserve naturelle et qu'il n'est pas rare de croiser des sangliers et même des ours dans les abords de la forêt.

Justin fit demi-tour et lorsqu'il arriva au bar, une jeune femme enveloppée dans un châle sombre attendait sur le parking. Markès n'aboya pas, comme il le faisait avec tout le monde. Au contraire, l'animal s'approcha d'elle en silence, les oreilles baissées en signe de soumission. La femme se pencha pour caresser le berger allemand et lança un regard mystérieux à Justin. Il se sentit sur le moment légèrement troublé, elle était d'une beauté naturelle, un peu sauvage. Elle avait les cheveux coupés courts, sombres comme la nuit et ses yeux brillaient d'un vert noisette. À son corps athlétique, son attitude volontaire, Justin pouvait deviner qu'elle était de celles qui n'ont besoin de personne.

— Bonjour, osa-t-il.

— Bienvenue, répondit la jeune femme d'une voix douce en continuant de flatter le vieux Markès.

— Super ! Vous parlez français ! Quelle chance ! Ça se voit tant que ça que je ne suis pas d'ici ?
— Cela s'entend surtout et puis peu de gens vont faire un footing dans la brume chez nous, dit-elle en esquissant un sourire.

Justin se perdit à nouveau dans ses yeux verts et l'éclatante noirceur de sa chevelure. Puis, il se tourna vers la porte d'entrée du bar :
— Au fait, je ne sais pas si le service est ouvert.
— C'est ouvert, vous venez ?

En effet, Miguel était déjà occupé derrière le comptoir. Il jeta un œil noir à Justin et à celle qui semblait l'accompagner.
— Un café, por favor, demanda l'inconnue en allant s'asseoir à une table dans le fond de la pièce.

Justin se dirigea vers la partie privée de la maison pour aller se changer, mais il renonça en voyant Xoán descendre l'escalier au même moment. Ce dernier ne manqua pas de le taquiner :
— Déjà ! Tu cours plus longtemps d'habitude, non ?
— Oui, mais aujourd'hui la brume m'a foutu la pétoche !
— Tu m'étonnes ! Même les Anglais n'ont pas un brouillard comme le nôtre. On a posé un brevet !

Xoán passa derrière le zinc, salua son cousin toujours nerveux, prépara deux cafés et vint s'asseoir avec Justin à l'une des tables du bar.

— Qu'est-ce qu'il a, Miguel ? s'inquiéta Justin.
— Bah ! Ça doit être à cause d'elle, répondit Xoán sans regarder la jeune femme au fond de la salle.
— C'est son ex ou quoi ?
— Toi et tes love stories ! murmura Xoán. Non, dans le coin, on dit qu'elle est une Meiga[2]. Une sorte de sorcière, mais en plus vilaine. On a aussi des Brujas, plus sympas, qui remettent de l'ordre quand les Meigas font de mauvais tours. Tu vois, ici, en Galice, on est très bien organisés. On a les deux côtés de la force. Les Brujas sont des Jedi et les Meigas des Sith !
— Tu crois que Georges Lucas a pompé l'idée de la Guerre des étoiles sur vos légendes ?
— Qui sait ? répondit Xoán avec un clin d'œil.
— Comment les différenciez-vous ?
— Et bien déjà, quand tu croises une femme comme elle qui se promène seule dans la brume pour aller prendre un café ! Tu peux te dire qu'il y a anguille sous roche ! Mais bon, toi tu es le style de gars qui tombe toujours dans le panneau de jolies nanas !
— Très drôle ! Non, en plus je ne trouve pas qu'elle soit spécialement belle, je n'aime pas les filles qui ont les cheveux courts. Elles ressemblent à des mecs !
— Dis plutôt, que tu as peur qu'elle ait plus de couilles que toi ! ajouta Xoán en lui tapant dans le dos. De toute façon, il vaut mieux qu'elle ne te plaise pas, ce n'est pas prudent de sortir avec une femme comme

---

[2] Les Meigas désignent en Galice, les femmes exerçant la magie noire. Leurs pouvoirs proviennent d'un pacte passé avec le diable lui-même.

elle !

Xoán avait l'habitude de se moquer de Justin, car ce dernier avait eu de très nombreuses mésaventures avec de trop jolies filles qui faisaient de lui ce qu'elles voulaient. Ils furent interrompus quand Markès, le berger allemand, fit son entrée dans le bar et se dirigea vers la mystérieuse cliente qui le caressa tendrement. Voyant cela, Miguel explosa de colère. Il fit le tour du comptoir, empoigna son chien par le collier et le jeta dehors sans ménagement. L'inconnue se leva d'un bond et marcha vers la sortie, en passant la porte, elle lança un regard à Justin qui sentit son cœur faire un bond dans sa poitrine. Cette sensation était différente de la peine offerte par Olivia. C'était presque attirant. Son cœur semblait prendre des décisions à sa place.

— Waouh ! L'ambiance est tendue quand même, s'exclama Justin un peu perturbé.

— Les choses ont toujours leur raison d'être ! Justin ne le laissa pas terminer. Avec un enthousiasme débordant, il enchaîna :

— Au fait, tu ne devineras jamais ce que j'ai croisé sur la route ce matin !

— Une vache ?

— Pas du tout. C'était un loup ! J'en suis certain !

— Eh bien, dès le premier jour ! Il faut que tu joues au loto, le taquina Xoán.

Après leur petit-déjeuner, les deux amis partirent explorer les environs en voiture. Ils visitèrent Pionerdo, un village typique où l'on pouvait découvrir les célèbres pallozas[3] galiciennes et déguster de délicieuses empanadas. Le soir, ils s'arrêtèrent dans un autre site pour faire la fête. Les villageois étaient serrés sur des bancs à des tables bondées. Xoán avait l'air d'un poisson dans l'eau dans cette foule, tandis que Justin se sentait un peu étouffé par ce genre de rassemblement. Aussi, il tenta de trouver un lieu plus tranquille pour apprécier pleinement la soirée. Une bière à la main, Justin regardait les groupes de danses folkloriques tournoyer avec légèreté au rythme des tambours et des cornemuses, quand quelqu'un s'adressa à lui :

— Vous semblez seul au monde au milieu de cette foule ?

Justin se retourna en direction de la voix et reconnut aussitôt la jeune femme du bar. Cette fois, elle portait une robe de dentelle blanche qui rehaussait ses courbes féminines. Elle plongea ses magnifiques yeux verts dans ceux de Justin. Un subtil parfum de rose sauvage l'enveloppait et il resta quelques instants paralysé avant de pouvoir lui répondre. Il détourna le regard et lui dit un peu gêné :

— Oui, j'ai le don de m'exclure du monde quand il devient trop envahissant.

---

[3] Les pallozas sont des habitations celtes traditionnelles.

— Je comprends. Je m'appelle Iria. Et toi ?
— Justin.
— Tu veux te promener avec moi ? proposa-t-elle en lui souriant.
— Pourquoi pas ? répondit-il en oubliant totalement les histoires de Meigas et de Brujas évoquées le matin même par Xoán.

Ils se frayèrent un chemin dans la foule pour atteindre le centre du village. La main d'Iria vint saisir celle de Justin, quelque chose en lui intima de se dégager de cette étreinte, mais il sentit aussi un délicieux sentiment de paix intérieure et d'excitation. La jeune femme le guida vers une drôle de petite cabane en bois sans fenêtre, montée sur des pilotis de pierre. Iria se tourna vers Justin et lui expliqua :
— C'est un hórreo[4], on y met la viande à sécher et les céréales. Suis-moi, on peut y entrer.

Iria était d'une beauté étrange, des traits fins, les yeux en amande et sa bouche délicatement dessinée charmèrent Justin qui ne put résister à cette invitation. L'intérieur se composait d'une seule pièce imprégnée d'une odeur âcre de sel et de poivre, qui vint se mélanger au parfum de rose sauvage d'Iria. Celle-ci se mouvait avec une grâce surprenante, elle alluma une petite bougie dans un coin et lorsqu'elle se retourna vers lui, malgré la pénombre Justin put constater que ses yeux étincelaient comme deux

---

[4] L'hórreo est un bâtiment utilisé comme un grenier. Cette architecture est spécifique à la région de Galice.

serpentines. Elle dégrafa la ceinture qui marquait sa taille, elle fit glisser une bretelle, puis l'autre et toute la robe vint s'échouer à ses pieds. Sous les yeux médusés de Justin, Iria se retrouvait nue devant lui. Sa peau blanche, des seins ronds et fermes. Son regard ne le quittait pas des yeux. Justin voulut parler, mais ce qui sortit de sa bouche fut quelque chose d'imprécis :
— Je suis désolé, je ne peux pas... Je ne sais pas qui...

Elle s'avança vers lui, posa un doigt sur ses lèvres, puis sa main, vint lui caresser le bras en remontant vers sa nuque. Des frissons savoureux lui parcoururent tout le corps, comme de petites décharges délicieuses. Iria déposa un baiser dans son cou, puis un autre près de son oreille. Justin aurait aimé la repousser, mais cela lui était impossible, au contraire ses mains agrippèrent ses hanches et il l'attira vers lui pour l'embrasser. Ses lèvres douces et suaves avaient un goût de mûre sauvage. Justin promena ses doigts sur le corps soyeux de la jeune femme. Justin sentit le désir monter et prendre possession de tout son esprit, il lui caressa les seins suaves et fermes. Sa peau se mit à frissonner de plaisir, ils s'allongèrent tous les deux à même le sol, recouverts de paille. Justin l'embrassa à nouveau, il la caressa et elle succomba, son corps se tordait de plaisir. Justin sentit son esprit se déconnecter totalement, il perdit pied, le désir s'immisça dans tout son corps. Son côté animal, une part de lui qu'il ne connaissait pas prit le dessus. Il serra fermement les hanches d'Iria et sentit monter en lui une jouissance presque douloureuse, elle explosa dans tout son corps et paraissait ne plus vouloir s'arrêter.

Ils restèrent immobiles, à bout de souffle, les yeux dans les yeux comme si l'un et l'autre pouvaient entrevoir les mystères de l'amour. Iria l'embrassa tendrement et vint se coucher près de lui. Justin retrouva ses esprits. Il n'avait jamais éprouvé une telle complicité avec aucune de ses partenaires passées. La pauvre Olivia et sa beauté de surface venaient de se faire détrôner par une inconnue. Il la regarda un long moment, ses yeux verts le dévisageaient aussi un sourire aux lèvres.
— Que regardes-tu ?
— Je vois dans tes yeux que tu es surpris.
— Oui, je ne te connais pas et pourtant je...
— Moi, il me semble te connaître depuis toujours. Ce qui est arrivé devait arriver.
D'une main, elle lui ferma les yeux. Il se laissa faire. Elle lui caressa le visage quelques minutes avant qu'il ne s'endorme, apaisé et heureux.

Quelques heures plus tard, le jour s'infiltra sous la porte et Justin découvrit, lové contre lui, non pas le corps délicat d'Iria, mais celui d'un loup gris, comme celui qu'il avait croisé dans la brume la veille.

Son cœur s'accéléra, l'animal le sentit et se réveilla aussi. Justin se releva d'un bond pour se plaquer contre le mur du garde-manger. Le loup se dressa sur ses quatre pattes et s'approcha de lui. Justin paniqua, trouva près de lui une fourche qu'il saisit au plus vite pour se défendre. En voyant l'outil, le loup se mit à grogner et retroussa ses babines en signe. Puis, en un fragment de seconde, il se jeta sur Justin qui se protégea comme il put. L'animal fut blessé et s'enfuit aussitôt, laissant le jeune homme tétanisé et meurtri lui aussi.

  La bête avait réussi à le griffer profondément au cou. Le sang coula le long de son épaule. Il ramassa son t-shirt et s'en servit pour comprimer la plaie. Il regarda autour de lui pour retrouver des traces de la présence d'Iria, mais il ne trouva rien. Il se rhabilla et sortit de l'horréo désorienté et confus. Il se dirigea vers le centre du village un peu hébété. La place était déserte, mais il entendit la voix de Xoán hurler son prénom.

  Dès qu'il le vit, son ami courut vers lui, le visage blême en apercevant le sang qui souillait son t-shirt :

— Qu'est-ce qui t'est arrivé ?

— Un loup m'a attaqué, répondit Justin en dévoilant la blessure sous le t-shirt.

— Un loup ? Il t'a mordu ?

— Non, seulement griffé.
— Tu as croisé un loup dans le village ? Tu es sûr de toi ?
— Puisque je te le dis ! s'énerva Justin.
— Allez, on rentre. Il faut désinfecter ta blessure.

Quand ils arrivèrent au bar, Ellia le soigna avec précaution. Elle concocta une pâte à base d'herbes qu'elle appliqua sur la plaie avec une gaze. Le cœur lourd de Justin aurait, lui aussi, bien eu besoin d'un pansement. Mais il n'osa se confier à personne. Ellia lui sourit tendrement, comme si elle lisait dans les espaces laissés par ses silences. En terminant les soins, elle lui fit remarquer dans un français approximatif :
— Les loups n'attaquent pas comme ça, sauf s'ils sentent qu'on leur veut du mal.
— Je ne voulais pas lui faire de mal... J'ai eu peur !
— Elle s'en remettra.
— Elle ? releva Justin. Comment le savez-vous ?
La tante de Xoán le regarda avec un petit sourire entendu qui plongea Justin dans un étrange désarroi. Il avait la mauvaise impression que tout le monde pouvait lire en lui comme dans un livre ouvert. C'était bien la première fois qu'il se trouvait dans une situation aussi déroutante.

Le reste de la journée, Justin et Xoán demeurèrent au bar. Justin semblait absent tandis que son ami avait retrouvé sa bonne humeur. Il joua aux dominos avec les habitués et perdit pas mal d'argent. Après le souper, Justin alla se coucher le premier.

Dès qu'il fut allongé, il s'endormit aussitôt. Ses rêves le ramenèrent à la nuit passée avec Iria. Il sentit à nouveau sa peau douce, son parfum de rose sauvage et l'exquise sensation de sa peau sous ses doigts. Dans ses songes, il revit également le loup ouvrir ses grands yeux verts près de lui. À ce moment-là, il se réveilla en sursaut. Après avoir repris ses esprits, il chaussa ses baskets et sortit pour aller courir. La blessure à son cou le lançait encore un peu, mais il devait s'éclaircir les idées et c'était la seule façon qu'il connaissait pour le faire.

À l'extérieur, le jour se levait à peine. La brume était au rendez-vous, tout comme le chien Markès. Il observa Justin s'avancer vers lui et pour la première fois le berger allemand n'aboya pas. Il vint le renifler et se frotta à lui joyeusement. Justin sentit que quelque chose avait changé en lui. Il se mit à courir, traversant le brouillard comme on déchire un voile.

Était-ce l'air frais et humide sur sa peau, ou l'opacité inquiétante du paysage, il n'aurait su le dire, mais tous ses sens lui semblaient plus aiguisés, réceptifs. Les odeurs du sous-bois, les craquements des branchages, l'envol lointain d'une corneille, le bruissement des êtres sous les feuilles... son esprit les distinguait avec une précision insoupçonnée. Il se sentit en communion avec les éléments comme jamais auparavant. Le jeune homme accéléra sa course dans le brouillard du petit matin. Mais dans ses pensées, il ne voyait que le corps d'Iria. Ses mains caressant ses cheveux pendant qu'il l'embrassait. Rien de tout cela ne paraissait réel et pourtant cela s'était bien produit. Il le savait. Chaque parcelle de son corps et de son esprit voulait la revoir.

Soudain, à travers la brume, il entendit quelque chose se rapprocher derrière lui et ne fut pas étonné de découvrir le loup gris. Justin s'arrêta, posa un genou à terre et tendit sa main vers lui. Ce dernier plongea ses yeux verts dans ceux de Justin et s'avança lentement jusqu'à se trouver à quelques centimètres de lui. Justin passa sa main dans son pelage. Le loup se fit plus tendre puis il recula et la sorcellerie de cette terre de légende opéra. Iria apparut nue comme la veille au soir. Elle leva ses yeux intenses vers lui et frissonna. Justin la prit aussitôt dans ses bras et l'embrassa sans retenue. Avant de perdre complètement le contrôle sur son corps, Justin tenta de questionner Iria :
— Mais qui es-tu ?
— Je suis une femme-loup, comme tu as pu le constater.
— C'est impossible !
— Mon instinct me guide. C'est toi que je veux, c'est tout.

— Tu vas me tuer ?

Iria surprise par cette question éclata de rire. Justin découvrit un visage qui rayonnait d'une lumière particulière, douce et chaude. La jeune femme riait toujours, elle posa ses mains sur les joues de Justin et l'embrassa avec amour.

— Non, je ne vais pas de tuer. Je sais que c'est dur à croire. Mais je ne suis pas un monstre, tu sais... Je suis née dans une famille de Meigas qui se transforment en loup. C'est plus une malédiction pour moi que pour toi ou les autres. Je suis faite comme ça. Je porte cette âme sauvage en moi.

Iria ne le laissa pas continuer. Elle lui prit la main et l'emmena dans la forêt. Derrière un massif de mûres et d'épines était dissimulée l'entrée d'une grotte. Justin découvrit un intérieur sommaire. Une couche de paille, une vieille table et les yeux d'Iria qui étincelaient d'envie. Ils se couchèrent tous les deux sur ce qui lui servait de lit et s'embrassèrent avec passion. Justin ressentait un sentiment puissant d'appartenir à cette femme-loup et qu'elle était sienne en retour. C'était une sensation nouvelle pour lui.

Soudain, une détonation sourde résonna dans les montagnes. Iria se tendit et tous les deux stoppèrent leurs ébats. Elle se leva d'un bond et courru vers l'entrée de la grotte sous les yeux médusés de Justin encore un peu hébété.

— Je dois y aller ! Ma famille se trouve dans la forêt. J'ai peur pour elles...
— Attends ! cria Justin.

Mais déjà, Iria avait repris sa forme de loup gris et courait dans les sous-bois. Justin voulut le rattraper, mais quelque chose l'en empêcha. Il resta quelques minutes seul dans la grotte, puis transi de froid, décida de se rhabiller et de retourner vers le bar. Quelque chose se serra dans sa poitrine quand il entendit à nouveau une détonation.

Quand il arriva, Ellia était derrière le comptoir en train de faire la vaisselle de la veille. Elle le salua et proposa un café avec une goutte d'augardente, un digestif typique de Galice. Justin accepta et elle posa une tasse devant lui avant d'ajouter, sans détour :
— Tu as fait la rencontre d'une femme loup ? N'est-ce pas ?
— Quoi ? répondit Justin, décontenancé.
— La griffure que tu portes. Ce n'est pas une griffure de loup, mais celle d'un humain.
— Je vais devenir un loup ?
— Non, je ne crois pas... Mais je pense qu'elle a voulu t'offrir un peu de cette âme qui court dans les bois.
— Xoán m'a dit que les Meigas sont dangereuses ? Je ne comprends plus rien.
— Disons que tout n'est pas blanc ou noir, certaines personnes utilisent aussi le gris.

— Xoán va disjoncter si je lui raconte ça... Il vaudrait mieux qu'on en reste à l'attaque du loup ! D'ailleurs, vous avez entendu les tirs dans la montagne ?

Xoán descendit l'escalier à ce moment-là. Il les regarda un moment, puis sourit.

— Et voilà, tu es un vrai Galicien maintenan ! Griffé par un loup, baptisé à l'augardente dès huit heures du matin. Il ne te reste plus qu'à visiter Saint-Jacques-de-Compostelle et ton baptême galicien sera complet ! Au fait, Ellia tu as entendu les coups de feu ?

— Oui, les chasseurs des villages voisins sont allés repousser les loups vers les profondeurs de la forêt, après l'attaque de Justin.

À ces mots, quelque chose se serra dans la poitrine de Justin, comme si son cœur se changeait en pierre et doublait de densité. Tout à coup, la porte du bar s'ouvrit et une dizaine d'hommes entrèrent portant leurs fusils sur l'épaule.

Ils s'accoudèrent au bar l'air satisfait. Pendant qu'ils commandaient pour les uns des cafés pour d'autres des bières. Justin tendit l'oreille, mais leurs accents étaient bien trop prononcés pour qu'il arrive à comprendre quoi que ce soit. Voyant que Xoán les écoutait, il lui posa la question qui lui brûlait les lèvres et le cœur :

— Ils ont abattu les loups ?

— On dirait bien. Je crois qu'ils en ont tué un qui

s'est jeté sur eux. Ils l'ont ramené. Il est dans la jeep du tireur.
— Dehors ?
— Oui.

Justin sortit en trombe. Plus il s'approchait du véhicule, plus son cœur battait à tout rompre à ses tempes. À l'arrière du 4x4, une bâche verte recouvrait quelque chose. Justin souleva le plastique et découvrit horrifié les poils gris de sa louve. Il voulut hurler de douleur, mais rien ne sortit. Comme si sa voix venait de s'éteindre à jamais. Il passa sa main dans la fourrure du loup. Une tache de sang avait séché sur la bâche. Il aurait voulu que l'animal ouvre les yeux pour avoir la confirmation ultime de son identité. Mais l'animal ne bougeait plus. Xoán sortit à son tour du bar, Justin se tourna vers lui le visage blême.
— Qu'est-ce qu'il t'arrive ?
— Je...

La vérité est que Justin ne pouvait rien dire du tout. Rien ne sortait de sa bouche. Comment expliquer à son meilleur ami qu'il avait rencontré une femme-loup, qu'ils avaient fait l'amour, qu'il pensait en être tombé amoureux et qu'elle se trouvait sous cette bâche criblée de balles.
— Je sais, ce n'est pas top, avoua Xoán. D'habitude, ici on ne les tue pas, mais après ce qui t'est arrivé, ils ont préféré l'abattre pour éviter un autre accident. Par

précaution, tu vois. Allez, viens, je t'offre un coup pour te remonter. Tu es tout blanc !
— Oui, vas-y, j'arrive, murmura Justin en regardant le corps sans vie du loup.

Une fois son ami, rentré dans le bar. Il caressa avec tendresse le dos d'Iria. Il approcha son visage du sien. Des larmes coulaient sur ses joues. Son cœur semblait saigner dans sa poitrine. Il prit la bête dans ses bras, comme un enfant, et partit sur la route. Ses bras souffraient sous le poids du loup, mais moins que son cœur.
« Je te ramène chez toi ma belle ! »

Il marcha jusqu'au lieu où ils s'étaient rencontrés quelques heures auparavant, il entra dans les bois et retrouva la grotte. Il déposa Iria sur la paille qui avait vu leurs corps s'entremêler. Là, Justin laissa sa peine s'exprimer totalement. Il pleura en caressant sa bien-aimée. Puis, il retourna vers le bar. En quittant la grotte, il se fit une promesse : « Je n'oublierai jamais. Je reviendrai vers toi. Ton cœur est partout à présent et le mien restera à jamais avec toi. Il court lui aussi libre et sauvage dans cette forêt. »
Ce voyage au pays des Meigas avait changé Justin en profondeur. Un peu d'Iria coulait dans ses veines, dans son imaginaire et dans son cœur.

« *Si tu ne vas pas dans les bois, jamais rien n'arrivera, jamais ta vie ne commencera. Va dans les bois, va.* »

Clarissa Pinkola Estés

LE BAISER

Au nord de l'Espagne, plus précisément dans les Asturies, une région aussi discrète que magnifique, se trouve la célèbre forêt de Muniellos. Elle possède une nature foisonnante, des chênes gigantesques et surtout une faune exceptionnelle. Elle abrite notamment des ours bruns, des loups, des renards et des aigles qui ont toujours vécu dans ces bois. Les amoureux de la nature ainsi que les chasseurs connaissent bien les interdits qui protègent cette forêt et personne n'oserait s'y aventurer sans autorisation[1].

Mais un soir, à l'heure où les hommes s'enivrent au bar de Manuel Vargas, dans un village à l'orée de la forêt, l'un d'eux, Rafael Garcia, lança à ses camarades un défi bien imprudent :

— Allez, les gars ! Celui qui réussit à tuer un ours brun devient le chef de la bande !
— Comment vas-tu obtenir l'autorisation d'entrer dans Muniellos pour chasser l'ours ? lui demanda un de ses amis, le sourire en coin.
— Pas besoin ! Moi, je vais rentrer dans cette forêt de nuit, fanfaronna Rafael, sans doute encouragé par les nombreuses bières qu'il avait bues jusque-là.
— Et le Busgosu[5], tu vas le descendre aussi ? ajouta son cousin César, déjà bien grisé par l'alcool.
— Le Busgosu ? C'est des histoires de vieilles femmes. Mais je te rassure, si je le croise, je le ramène aussi, répliqua Rafael en lui tapant dans le dos. De toute façon, vous n'êtes que des mauviettes ! On se donne rendez-vous dans deux soirs, ici même. Si je rapporte une photo de l'ours mort, vous me payerez à boire pendant un an !

Sur ces mots, qui laissèrent ses amis amusés, Rafael se leva, tituba légèrement jusqu'à la porte et réussit malgré tout à sortir du bar sans tomber.

Le lendemain, il repensa au pari qu'il avait lancé à ses compagnons de beuverie. Mécaniquement, il se rasa, déjeuna et vérifia la météo sur son téléphone. Un beau soleil s'affichait sur toute la région des Asturies pour les deux prochains jours. Il décida de partir au crépuscule, afin d'arriver à Muniellos de nuit. Il envoya un SMS à son cousin

---

[5] Le Busgosu est une créature mythologique qui provient des légendes asturiennes. Son apparence hybride, mi-homme mi-chèvre, rappelle celle du dieu grec Pan. Il est le protecteur de la nature et de tous les êtres vivants qui la peuplent.

César pour le prévenir qu'il partait, et que le défi tenait toujours. Puis, il s'affaira à rassembler dans un grand sac à dos quelques affaires, des bières, des sandwichs et son matériel de camping. La seule inconnue restait la possible rencontre avec des gardes forestiers, qui verraient d'un très mauvais œil le safari qu'il se préparait à mener. Qu'à cela ne tienne, l'occasion était trop belle de se prouver quelque chose à lui-même !

Rafael avait quitté l'école à quinze ans et avait échoué à presque tous les concours qui auraient fait de lui un pompier, un policier ou encore un gardien de prison. Depuis plus de dix ans, il s'ennuyait ferme dans une entreprise de livraison et vivait seul, car son penchant pour l'alcool n'avait pas fait de lui le meilleur parti des environs. Ses parents avaient quitté ce monde en laissant ainsi un fils célibataire, sans descendance et sans réel avenir. Dans sa poche, Rafael conservait précieusement la montre à gousset léguée par son père. Dès qu'il manquait de courage, il la sortait et se remémorait les bons moments passés avec lui.

Au crépuscule, Rafael enfourcha sa moto et roula vers Muniellos. Trente-cinq minutes plus tard, il longeait la forêt mythique des Asturies. Son père avait beaucoup braconné dans ces bois et découvert des sentiers isolés permettant aux chasseurs d'y rentrer sans se faire repérer. C'est ainsi qu'il avait nourri sa famille durant les années de vaches maigres. Après avoir caché sa moto sous un massif de fougères, Rafael suivit l'un de ces chemins secrets. Son objectif était de s'enfoncer le plus possible sous le couvert des arbres pour se placer hors de portée des gardes forestiers qui parcouraient Muniellos en quad ou en jeep. Il se servit de sa boussole et d'une lampe torche pour se rapprocher d'un cours d'eau. Son père lui avait appris les rudiments du braconnage et les techniques de survie dans la nature ; notamment celle de ne pas établir son camp au sol. Aussi, quand après deux heures de marche il sentit la fatigue gagner son corps, il s'arrêta et grimpa au deuxième niveau d'un grand chêne. Une fois là-haut, il déplia son duvet et s'enveloppa en prenant soin de s'attacher solidement au tronc pour ne pas tomber en plein sommeil. Exténué, il s'endormit sans tarder.

Au milieu de la nuit, une étrange mélodie le tira des bras de Morphée. Rafael se mit aussitôt en alerte. Un air de flûte, joyeux et mélancolique à la fois, semblait se rapprocher de lui. Il sentit son cœur s'emballer douloureusement. Le musicien se trouva très vite près du chêne où il avait installé son campement. Rafael scruta le sol au-dessous de lui, mais l'obscurité camouflait l'inconnu. Sans faire de bruit, il sortit la lampe torche de sa veste et l'alluma d'un geste vif en direction de l'inconnu. Hélas, ce qu'il aperçut dans le halo n'était pas un être humain ; la créature portait une épaisse chevelure noire, rehaussée de deux cornes enroulées comme celles d'un bélier. Rafael eut un mouvement de recul, laissa tomber sa lampe et hurla à s'en déchirer la poitrine. Mais la corde qui le maintenait solidement accroché au tronc de l'arbre l'empêcha de s'enfuir. Une voix rauque et malicieuse s'adressa à lui :

— N'aie crainte ! Je ne mange pas de ton espèce ! Puis Rafael sentit bouger la branche sur laquelle il se trouvait ; l'inconnu, agile comme un fauve, venait de monter dessus. La clarté de la lune dévoila à nouveau son visage repoussant. Les yeux dans les yeux, la créature poursuivit avec la même voix suave et inquiétante :

— Je sais que tu as apporté dans ma forêt une chose que j'ai interdite et cela me déplaît.

— Qui... qui êtes-vous ? bredouilla Rafael pris de tremblements.

— Tu me vexes, l'ami. Muniellos est mon royaume. Je suis le maître de ces lieux, de l'eau, du vent, des arbres ; d'ailleurs, c'est celui sur lequel nous sommes qui m'a murmuré que tu avais avec toi une arme.

— Quoi ? s'écria Rafael en essayant de défaire ses liens pendant que la créature se rapprochait encore de lui. La voix de celle-ci se fit plus menaçante cette fois.

— Je te conseille de partir dès l'aurore, car je pourrais être moins bienveillant la prochaine fois !

Alors qu'il allait lui répondre, Rafael sentit quelque chose lui chatouiller le nez. Il tenta de le réfréner, mais il éternua bruyamment et, lorsqu'il rouvrit les yeux, le jour pointait déjà à l'horizon. Un écureuil amusé était assis à la place de la créature surnaturelle. Rafael scruta la forêt autour de lui, sans trouver aucune trace de ce qui semblait être le célèbre Busgosu. Ses parents lui avaient raconté des histoires sur cet être dangereux et lubrique, mais pour tout un chacun il faisait partie des légendes asturiennes, pas de la réalité. Un peu hébété, Rafael en conclut que ce qu'il avait cru voir ou entendre n'était rien d'autre qu'un cauchemar. Il se détacha et descendit du chêne.

Le matin, il pista l'ours brun le long de la rivière en remontant de temps en temps les coteaux pour explorer les troncs et délimiter son territoire. Après cinq heures de marche, il trouva enfin un arbre qui portait des traces de griffures à hauteur d'homme. Il avait découvert le domaine de sa proie. Il la traqua jusqu'à la fin du jour sans jamais l'apercevoir. Quand le crépuscule revint, il choisit un nouveau chêne sur lequel grimper et établir son camp.

Après sa rencontre cauchemardesque de la veille, il retarda le plus possible le moment de s'endormir en dégustant quelques bières et en fumant des cigarettes. La lune était encore haute ce soir-là et la meute de loups qui vivait à Muniellos donna de la voix. Cela faisait bien longtemps que Rafael n'avait pas été aussi proche de la nature.

Lorsqu'il était plus jeune, son père et lui partaient souvent braconner dans la forêt. Avec lui, jamais il n'avait ressenti cette solitude amère qu'il portait désormais chevillée au corps. Cette nuit-là, pour se rassurer, il s'endormit en tenant contre lui son fusil de chasse.

À nouveau, un inquiétant air de flûte le sortit de son sommeil. La mélodie se rapprocha aussi rapidement que la veille. Rafael arma son fusil et le cala contre son épaule. Lorsqu'il sentit quelque chose bouger sur la branche où il se trouvait, sans réfléchir, il tira devant lui. La détonation résonna dans les ténèbres et des rapaces nocturnes s'envolèrent à grand bruit. Un silence de plomb s'abattit ensuite sur toute la forêt. Rafael, pris de panique, se détacha à toute hâte et glissa dans le vide. En s'écrasant sur le sol, il sentit son épaule se déboîter. À la douleur lancinante qui irradiait tout son corps, Rafael sut qu'il ne se trouvait pas dans un rêve et qu'il était en réel danger.

Le halo lumineux de la lune lui révéla à nouveau le visage angoissant du monstre qui se transformait sous ses yeux en masque d'épouvante. La colère s'était emparée de lui. Rafael se releva et se mit à courir, s'accrochant à chaque branche, chaque ronce. Lorsqu'il s'arrêtait pour reprendre son souffle et qu'il regardait en arrière, les ténèbres avaient tout envahi, mais il percevait toujours le bruit de pas lourds qui se hâtaient vers lui.

Il s'enfonçait encore plus profondément dans la forêt quand il entendit une voix grave résonner dans l'obscurité, comme transportée par le vent lui-même :
— Crois-tu vraiment pouvoir m'échapper ? Tu as apporté la mort dans mon domaine. Tu recevras la mort dans le tien !

La peur irriguait à présent la moindre cellule du corps de Rafael. Dans sa fuite, ses vêtements s'accrochèrent aux branches qui semblaient se multiplier devant lui pour freiner sa course ; il s'écorcha les mains à les repousser. Même les fougères graciles devinrent tranchantes, les ronces s'enroulèrent à ses chevilles et le firent tomber. La panique l'enveloppa entièrement ; Rafael se débattait tel un lapin pris au piège. La créature se rapprocha de lui sans même se hâter, d'un pas lourd et sûr ; ses jambes ressemblaient à celles d'un bouc, mais recouvertes du même lichen que l'on trouvait sur les arbres.

— Je te l'ai dit mon tout beau. Cette fois, je serai moins indulgent. Tu possèdes une arme qui ne sert qu'à tuer, pas à te nourrir. Je ne permets pas que l'on vienne chasser sans faim dans mon domaine, car alors, mes protégés ne pourraient trouver la paix nécessaire à leur survie.

— Je... Je n'ai pas voulu... essaya Rafael en bredouillant.

La créature se rapprocha de son visage, le détailla tout en le reniflant tel un animal sauvage.

— À qui crois-tu mentir ? Tu sens l'homme sans courage, vide et gras, qui a oublié ce qu'il est. Tu transpires la médiocrité. Tu veux tuer un être vivant uniquement pour t'amuser, pour te prouver que tu es un homme. Et bien, tu as gagné, tu en es un ! Et ce n'est pas un compliement !

Le Busgosu semblait sonder son âme, jusqu'aux parcelles les plus reculées de son esprit. Rafael se mit à trembler comme un nouveau-né. La créature plaça ses mains rugueuses autour de son visage afin de l'immobiliser, puis l'embrassa longuement, comme on dévore un être aimé. Une douleur intense se répandit dans la bouche, puis dans tout le corps et dans les veines de Rafael Garcia, incendiant tout sur son passage. Le malheureux se trouva brutalement engourdi et perdit connaissance.

Quand il ouvrit les yeux, l'aurore était en train de poindre entre les arbres. Une brûlure volcanique tiraillait ses lèvres comme si on lui avait apposé un fer chauffé à blanc dessus. Rafael se frotta frénétiquement la bouche du revers de la manche, tout en scrutant les alentours : il était seul. Son épaule déboîtée le rappela à l'ordre douloureusement. Il se releva et sortit sa boussole afin de retrouver sa moto. Il arriva au bord de la route, souleva les fougères et, tant bien que mal, tenta de rentrer vers la ville la plus proche pour trouver de l'aide.

Le trajet lui parut interminable, chaque virage déclenchant de terribles souffrances. Il poursuivit en serrant les dents jusqu'à l'hôpital de Cangas del Narcea.

Dans la salle d'attente, il croisa les regards d'hommes et de femmes qui le dévisagèrent avec dégoût. Quand ce fut enfin son tour, le docteur le considéra longuement avant de le faire entrer dans une pièce d'examen. Après avoir refermé la porte, il le questionna sans attendre.

— Que vous est-il arrivé ?

— Je suis tombé d'un arbre et me suis démis l'épaule, répondit Rafael.

— Et votre visage, depuis quand se trouve-t-il dans cet état ? fit le docteur en mettant des gants.

— Mon visage ?

Le docteur approcha un miroir de Rafael. Ce qu'il aperçut dans le reflet fit tressaillir tout son être. La peau de son front, de ses joues, de sa bouche et jusqu'à ses paupières semblait recouverte de champignons, comme ceux qui poussent sur les arbres. Il passa ses doigts sur cette surface crevassée, le contact confirmant ce que l'image lui renvoyait. Il sentit son cœur l'abandonner, des points noirs dansèrent devant ses yeux et il perdit à nouveau connaissance.

Lorsqu'il se réveilla, il était allongé sur un lit dans une chambre individuelle ; le docteur se rapprocha et lui demanda :

— Est-ce que quelqu'un dans votre famille souffre d'épidermodysplasie verruciforme ?

— C'est quoi ce machin ? balbutia Rafael à bout de force.

— C'est une maladie de peau rarissime et souvent génétique. On appelle aussi cette affection « la maladie de l'homme-arbre », car les verrues ressemblent à de l'écorce. Je dois réaliser des analyses complémentaires, bien entendu. Mais je ne vois pas ce que cela pourrait être d'autre. Une infirmière va venir pour vous mettre un cathéter et commencer un traitement antidouleur.

Rafael se retrouva coincé à l'hôpital pendant de longs mois. Il subit de nombreuses interventions et manqua même de mourir, comme si sa rencontre avec le mystérieux Busgosu l'avait contraint à explorer les recoins sombres de son être. Il ne succomba pas au baiser du faune, mais son regard sur le monde ne fut plus jamais plus le même.

En tout cas, c'est ce que son cousin César se plaît à raconter en trinquant avec ses amis au bar de Manuel Vargas.

LES LARMES DE PANDA

La légende[6] raconte qu'en des temps très anciens la fourrure des pandas était toute blanche. Ils ressemblaient à de beaux nuages cotonneux. Ces paisibles animaux vivaient dans les hautes montagnes du Tibet, recouvertes de bambous, leur met préféré. Ce territoire n'était pas seulement le leur, ils le partageaient avec un village d'hommes qui les appelaient les ours-chats.

À leur tête régnait Kundun, un chef d'une grande bravoure dont le trésor le plus précieux était Lasya, son unique enfant. C'était une jeune fille d'une beauté extraordinaire, la délicatesse de ces traits, la brillance de ces longs cheveux noirs et l'étincelle de son regard faisait d'elle une étoile, un joyau vivant que tout son village aimait avec dévotion.

---

[6] D'après une légende tibétaine.

Chaque jour, les artisans les plus doués lui confectionnaient chaussures et bijoux en pierres raffinées pour rehausser son infinie beauté. Les femmes brodaient et tissaient des étoffes aux motifs éblouissants pour mettre en valeur sa peau et ses yeux. Lasya se pliait à tous les essayages avec patience, car elle savait que son peuple l'adorait profondément.

Le plus grand bonheur de la jeune fille, son jardin secret, c'était de se promener dans la nature. Le village était bruyant et un peu étouffant à ses yeux. Aussi, dès qu'elle pénétrait dans la forêt dense du Tibet, elle laissait son cœur battre à tout rompre ; elle courait dans les hautes fougères, sautait dans les petits ruisseaux, rêvait en contemplant les nuages, écoutait les bambous s'entrechoquaient les jours de vents et surtout, elle s'amusait avec les pandas qui l'avaient très vite adopté. Avec eux, elle pouvait être une enfant comme tous les autres.

Kundun tremblait tous les jours un peu plus, car sa délicate Lasya ne craignait rien et refusait de voir le danger que la nature pouvait abriter. Les griffes de pandas et surtout les léopards des neiges lui donnaient de terribles cauchemars. Mais dès qu'il tentait de la mettre en garde, celle-ci lui rappelait que la nature est peut-être redoutable, mais qu'elle est aussi la mère de tout ce qui existe et qu'elle sait ce qui est bon pour ses enfants. À cela, Kundun ne pouvait rien ajouter.

Ainsi, un jour de grande chaleur, Lasya décida de partir en quête des pandas pour s'amuser en leur compagnie. Elle marcha longtemps à travers la haute forêt de bambous sans trouver ses compagnons de jeu. C'est alors qu'elle faisait demi-tour, qu'elle entendit un grognement étrange. Intriguée, Lasya se rapprocha de ce bruit et elle découvrit un bébé panda terrifié face à un léopard affamé prêt à commencer son festin. Sans hésiter, elle courut s'interposer pour protéger le petit panda. Le carnivore surpris recula un peu et le bébé saisit l'occasion pour s'enfuir au plus vite. Étonné par l'étrange apparence de la jeune fille, le léopard laissa filer l'ourson dans la forêt de bambous et contempla la magnifique princesse qu'il allait déguster à sa place. La courageuse Lasya ne trembla pas longtemps, car les léopards sont d'habiles chasseurs. Son esprit s'envola, léger et souriant. La nature est ainsi faite et la jeune fille le savait.

Quelques jours plus tard, les villageois retrouvèrent les vêtements finement brodés, les chaussures ouvragées et les parures d'or que portait Lasya. Ils comprirent qu'elle faisait à présent partie de la forêt et qu'il fallait se résoudre à ne plus contempler sa beauté, ni entendre ses rires. Seule son infinie bonté resterait dans leur esprit comme un trésor.

Le village organisa une cérémonie où ils

brûlèrent les précieuses tenues de Lasya. Quand le feu se fut éteint, les villageois se retirèrent, laissant Kundun sécher ses larmes et son cœur. Mais celui-ci ne demeura pas seul très longtemps, car de nombreux pandas s'avancèrent à leur tour vers lui. Le plus jeune d'entre eux plongea ses pattes dans la cendre et se frotta les yeux et les oreilles, puis il se mit en position de prière et remercia plusieurs fois la douce jeune fille d'avoir offert sa vie pour le sauver. Les autres pandas en firent autant et promirent de ne jamais oublier ce sacrifice. Kundun n'avait jamais vu pareille cérémonie et il comprit que le souvenir de Lasya vivrait à jamais sur le pelage des pandas.

Depuis ce jour, les pandas abandonnèrent leur belle fourrure blanche, portant fièrement des taches noires en souvenir de cette enfant qui donné sa vie pour sauver l'un d'entre eux.

AMAZING GRACE

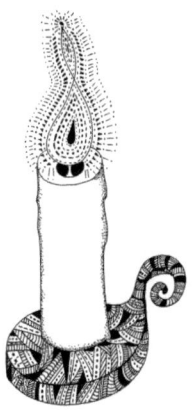

    À Bodmin, petite ville de Cornouailles, vivaient les jumelles Kate et Charlotte. Elles travaillaient toutes les deux dans le studio photo que leur père leur avait cédé à sa retraite. Kate était devenue photographe professionnelle et Charlotte officiait à l'intendance générale et à la comptabilité.
    Les jeunes femmes étaient en apparence identiques. Les mêmes boucles blondes, les mêmes yeux d'un bleu océan, mais alors que Kate avait les pieds sur terre, ceux de Charlotte se promenaient en permanence sur les sentiers de l'imaginaire. Elle lisait avec avidité tous les livres de légendes et de fantaisie qu'elle trouvait et croyait fermement qu'une partie de tout ce folklore était bel et bien réelle. Enfant, elle était devenue la risée de son école, car elle prétendait

voir des fées et des lutins. Se sentant incomprise, Charlotte s'était refermée sur elle-même et avait développé une grande timidité. Comme remède à son isolement, elle s'était réfugiée dans la musique et jouait à merveille de la flûte traversière. Grâce son instrument, elle pouvait exprimer ses joies, ses bonheurs, ainsi que sa solitude et sa tristesse.

Depuis quelques semaines, le studio photographique était en effervescence, car un éditeur londonien avait commandé à Kate un reportage sur la célèbre mine d'étain abandonnée de la paroisse de Madron, surnommée Ding Dong. C'était son premier contrat en tant que photographe professionnelle et elle avait planifié chaque détail, demandé les autorisations et programmé la fermeture du studio pour partir sereine. Charlotte était aussi de la partie en tant qu'assistante dévouée. Les deux jeunes femmes étaient très excitées à l'idée de relever ce défi.

Après avoir chargé leur voiture avec tout le matériel de prise de vue, d'éclairage et de spéléologie, elles se mirent en route vers Newbridge. Bodmin ne se trouvait qu'à une heure de leur destination, mais comme le reportage s'étalait sur plusieurs jours, Kate avait réservé un Bed & Breakfast pour ne pas être trop fatiguée. Quand elles arrivèrent à l'adresse indiquée, la propriétaire, Madame Terry, les accueillit et les mit tout de suite à l'aise. Elle leur fit visiter rapidement le rez-de-chaussée, puis les invita à monter à l'étage pour s'installer dans leurs chambres.

Kate, qui connaissait la timidité maladive de sa sœur, demanda :

— Ma sœur est musicienne, elle a pour habitude de jouer de la flûte matin et soir. J'espère que cela ne vous dérangera pas ?

— Mais c'est merveilleux ! Jouez quand vous le voulez, Mademoiselle. Je vous laisse vous installer. On se voit pour le déjeuner !

Le lendemain, la journée était terne. Charlotte, pleine d'énergie, descendit la première accompagnée de son instrument. Après une tasse de thé, elle sortit s'imprégner du léger brouillard qui traînait sur la pelouse. Elle fit glisser sa flûte de son fourreau en velours et joua un morceau grave et langoureux. À l'intérieur, Kate se levait à peine. Madame Terry lui avait préparé des œufs brouillés qu'elle dévorait d'un air maussade. Toutes les deux restèrent silencieuses, sous le charme de la mélodie interprétée par Charlotte. Quand cette dernière rentra, son visage rayonnait de bonheur. Kate avait toujours été secrètement jalouse du bien-être que procurait la musique à sa sœur. Madame Terry la tira de ses pensées :

— Que comptez-vous faire aujourd'hui ?

— Nous partons en reportage à la mine.

— Ding Dong ? dit-elle en posant lentement sa tasse de thé. Méfiez-vous de ce lieu maudit, ajouta-telle d'une voix lugubre. Bon nombre de courageux mineurs y ont laissé leur peau. Des fantômes rôdent toujours. Charlotte blêmit, alors que le visage de Kate se mua en grimace. Elle laissa échapper un soupir et déclara avec sarcasme :
— Vous n'allez quand même pas me dire que nous devrions annuler notre reportage, sous prétexte que Ding Dong serait hantée par les fantômes des mineurs décédés dans ses galeries ?

Madame Terry se leva, en apparence vexée par l'incrédulité de Kate ; elle se dirigea vers la cuisine et revint avec un sachet en plastique. D'une voix calme, elle s'adressa aux sœurs :
— Je vous ai préparé quelques muffins. Si vous voulez faire votre travail sereinement, je vous invite à en offrir aux Knockers[7].
— Aux quoi ? s'étouffa Kate.
— Vous pouvez bien vous moquer de moi ou ignorer mes conseils, mais quand on entre dans un lieu aussi chargé de légendes, il vaut mieux faire les choses dans les règles ! Mon père était mineur à Ding Dong et il m'a raconté l'histoire des Knockers. Il faut leur offrir de la nourriture pour qu'ils vous laissent tranquilles. La vieille femme semblait bouleversée mais contenait son émotion.

---

[7] Les Knockers sont des personnages légendaires qui peuplent nombre de pays celtes où l'industrie minière a joué un rôle prépondérant.

— Je suivrai votre conseil, la rassura Charlotte en prenant le sachet.

Après avoir pris congé de Madame Terry, les sœurs se mirent en route vers Ding Dong. La mine se trouvait au cœur des landes de West Penwith. Elles laissèrent leur voiture à quelques centaines de mètres, car aucune route ne menait directement à la mine. Au loin, la cheminée pointait comme un phare abandonné. Cette mine était réputée l'une des plus anciennes de Cornouailles. Kate commença son reportage en prenant des vues panoramiques du site.

Charlotte proposa de marcher jusqu'au Mên-anTol[8], un cercle de pierre néolithique situé dans les landes alentour. Cette formation de pierre a une apparence si intrigante qu'elle a suscité une multitude d'interprétations. L'alignement était composé de trois roches, deux avaient une forme cylindrique entourant une troisième percée en son centre comme un anneau. Dans un certain angle, on pouvait y voir le chiffre « 101 ». Charlotte avait lu quelques légendes concernant ces agencements de pierres.

Pendant que Kate prenait quelques clichés, Charlotte sortit son instrument de son sac bandoulière qui ne la quittait jamais. Elle l'ajusta et se mit à jouer l'air préféré de Kate : la célèbre Badinerie de Bach. Ce morceau était si joyeux que toute la nature semblait faire silence pour laisser s'épanouir le

---

[8] Le Mên-an-Tol est un alignement de trois pierres dressées. Il est connu pour sa pierre centrale, ronde et percée d'un large trou.

souffle boisé et chaleureux de la flûte.

À la fin de l'interprétation de sa sœur, Kate ne put s'empêcher d'applaudir. Puis elle lança avec humour :

— Au fait, tu crois que ces pierres sont là pour nous délivrer un message ?

— J'ai lu quelque part que cet alignement possède le pouvoir de guérir celui qui passe à travers la pierre ronde.

— Ça plairait à Madame Terry ce genre d'histoire, ajouta Kate un brin taquine.

— Elle voulait seulement nous aider, répliqua Charlotte, triste de constater que sa sœur était aussi incrédule que ceux qui se moquaient d'elle lorsqu'elle était enfant.

— Moi je ne trouve pas ça très malin de te mettre ce genre de frayeur en tête, alors que nous partons faire un reportage important pour ma carrière !

— OK, on n'en parle plus, alors, annonça froidement Charlotte en se mettant en marche vers la mine.

Ding Dong se dressait au milieu de la lande comme une dame solitaire. Elle était composée d'un bâtiment cubique, abritant le moteur d'extraction, et d'une longue cheminée. Une fois à l'intérieur, Kate souleva une épaisse grille fermant l'entrée de la galerie. Les jumelles enfilèrent leur tenue de spéléologie et s'attachèrent l'une à l'autre à l'aide d'une corde solidement arrimée à un garde-corps, puis elles entamèrent la descenteen rappel dans le ventre de Ding Dong. Sur le premier palier, Charlotte sortit de son sac bandoulière le sachet contenant les muffins et en déposa deux dans un coin sombre, sous le regard réprobateur de Kate. Puis elles continuèrent de s'enfoncer dans les entrailles humides et froides de la mine. Kate se concentra sur ses prises de vue. Les parois étaient ruisselantes d'eau et recouvertes d'un calcaire qui offrait une myriade de couleurs, allant du brun au jaune doré. Pour chaque cliché, Kate indiquait à sa sœur l'emplacement exact du faisceau du projecteur que celle-ci devait tenir à bout de bras.

Depuis leur entrée dans la mine, Charlotte refrénait tant bien que mal une irrésistible envie de remonter à la surface. Elle sentait quelque chose d'étrange rôdait autour d'elles, comme un léger courant d'air. Kate venait de remplir la première carte mémoire de son appareil numérique. Elle en chargea une nouvelle avant de poursuivre ses photos. Les jumelles suivirent les anciens rails qui servaient aux ouvriers à extraire l'étain. Soudain, trois détonations retentirent et se répercutèrent en écho pendant une longue minute. Charlotte se protégea aussitôt les oreilles en laissant tomber le projecteur qui s'éteignit aussitôt, les plongeant dans l'obscurité. Les lampes fixées sur leurs casques devinrent leur unique source

de lumière. Kate revint aussi vite qu'elle put vers sa sœur :
— Charlotte, tu vas bien ?
— Ça va ! C'était quoi ? dit-elle en tremblant comme une feuille.
— Je ne sais pas... Restons calmes, c'est sûrement une pierre qui est tombée un peu plus haut, tenta-t-elle pour la rassurer.

Puis elle se dirigea vers le projecteur pour essayer de le rallumer, sans succès.

Alors que Charlotte sentait à nouveau l'étrange courant d'air autour d'elle, quelque chose lui frôla la main. Elle baissa les yeux et découvrit un nain l'observant avec bienveillance. Au lieu de sursauter, hurler à tout rompre, elle fut étrangement apaisée par le regard de cette créature. Ses cheveux et sa barbe ressemblaient à d'épais nuages de couleur rouille.

Elle se perdit quelques instants dans la contemplation silencieuse de ce personnage, se demandant s'il provenait de son imaginaire ou de la réalité. Elle mit un genou à terre pour se rapprocher de lui et ce dernier en profita pour lui murmurer à l'oreille : « Remontez toutes les deux à la surface aussi vite que vous le pouvez ! »

Kate, toujours occupée à réparer son projecteur, sentit la main de Charlotte l'empoigner et la tirer vers la galerie qui remontait vers la sortie.

Surprise, elle lâcha tout ce qu'elle tenait et se laissa happer par l'énergie de sa jumelle, comme si l'urgence de Charlotte s'était insinuée dans ses propres veines. Elles coururent sans s'arrêter jusqu'à l'échelle.

À cet endroit, Kate stoppa sa sœur en la retenant par le bras.
— Qu'est-ce qui t'arrive ?
— Un nain ? Mais elle n'eut pas le temps de terminer sa phrase qu'un bruit intense provenant du fond de la galerie résonna dans toute la mine, suivit d'un puissant souffle qui les propulsa toutes les deux contre une paroie. La violence de la déflagration fut telle que Kate se cogna brutalement le nez sur l'angle d'un rocher et perdit aussitôt connaissance. Charlotte eut plus de chance et ne s'en tira qu'avec quelques égratignures. Quand elle retrouva ses esprits, elle se rua sur sa sœur. Elle releva sa tête délicatement et du sang ruissela le long de sa bouche. Le nain réapparut à côté de Charlotte, son regard rassurant apaisant la panique qui l'agitait. D'un ton posé, ce dernier s'adressa à elle :
— Mon peuple n'a pas apprécié l'attitude de ta sœur. Mais toi, tu crois en nous. Alors j'ai décidé de t'aider. Il faut que tu fasses ce que je te dis : tu dois mettre la tête de ta sœur à travers l'anneau magique. Là, nous demanderons aux fées de nous venir en aide.
— C'est risqué de la bouger dans son état. Il vaudrait

mieux que j'appelle les secours !

— Tu dois me faire confiance. Fais ce que je te dis et ta sœur s'en sortira.

Pour la première fois de sa vie, Charlotte décida d'écouter son cœur et de suivre les conseils du Knocker. Elle passa une corde sous les bras de Kate et la hissa jusqu'à l'extérieur. Malgré son poids, elle réussit à la sortir de la mine. Malheureusement, le Mên-an-Tol se trouvait encore très loin. Elle détacha sa sœur et entreprit de la porter sur son dos.

Le trajet lui parut interminable. Ses jambes et tout son corps tremblaient sous l'effort qu'elle devait fournir, mais perdre sa moitié était pour elle inconcevable. Elle avança sans flancher, mètre après mètre jusqu'à l'anneau magique. Quand elle fut enfin devant le Mên-an-Tol, Charlotte déposa délicatement Kate au sol et inclina sa tête pour la faire passer à travers le cercle de pierre. Elle recula de quelques pas, mais rien ne se produisit. Le nain réapparut et lui prit la main :

— Tu dois faire un don aux fées pour les faire venir.

— Mais je n'ai rien à leur offrir, moi ! se lamenta Charlotte.

— Tu as bien plus à donner que tu ne crois ! Cherche bien...

— À part Kate, la seule chose qui me tienne à cœur, c'est ma flûte.

Charlotte la sortit et la déposa aussi dans le cercle, sous le regard désapprobateur du nain.
— La musique transforme un simple bout de de fer en pure magie... Joue pour nous tous. Charlotte reprit son instrument et entama son morceau préféré : un hymne triste et profond intitulé Amazing Grace[9]. Dès la première mesure, une lueur diaphane irradia tout le cercle et de minuscules êtres jaillirent du halo, tels des insectes cristallins. Les fées voltigèrent autour de Charlotte au rythme langoureux de la mélodie. Puis elles se posèrent délicatement sur la chevelure de Kate qui se mit à briller de milliers d'étincelles colorées. Charlotte cessa de jouer, tant elle était éblouie par ce spectacle surnaturel. Elle ferma les yeux et se laissa envelopper elle aussi par la magie des fées.

Quand elle rouvrit les yeux, Kate se réveillait comme si elle venait de faire une sieste. Elle se passa la main sur le nez, le regard un peu étonné. Charlotte, les larmes au bord des yeux, vint aussitôt serrer sa sœur dans ses bras. Elles restèrent ainsi jusqu'au moment où Kate prit la parole :
— Qu'est-ce qu'on fait ici ?
— Il y a eu un effondrement après les trois coups qu'on a entendus.
— Dans la mine ? Mais, qu'est-ce qu'on fait là, si loin de Ding Dong ?
— Tu veux vraiment le savoir ? ironisa Charlotte en

---

[9] Amazing Grace est l'un des cantiques chrétiens les plus célèbres dans le monde anglophone. Il est devenu l'hymne des défenseurs de la liberté et des droits de l'homme.

l'aidant à se remettre debout.

    Devant le regard mystérieux de sa sœur, Kate n'insista pas. Sur le chemin qui les ramena vers Bodmin, Kate se lamentait sur son matériel enfoui dans la mine, tout en serrant dans sa main une petite boîte contentant la seule carte mémoire qui lui restait. Heureusement, elle était remplie de toutes les photos prises avant l'effondrement de la galerie. Toujours intriguée par leur aventure, elle regarda sa sœur avec tendresse et lui dit :

— Charlotte, je ne sais pas comment tu as fait, mais tu nous as sauvé la vie !

— Il faudra remercier Madame Terry et ses délicieux muffins, s'amusa Charlotte en lançant un clin d'œil à sa sœur.

FEES ET GESTES

Alistair Daxon travaillait toute l'année à Londres comme comptable dans une grande société. Côtoyer tous les jours les gratte-ciel de la City lui en faisait oublier ses racines. Son île à lui, c'était l'île de Man, œuvre fabuleuse de deux géants amoureux de la même femme. Il avait programmé son retour au pays depuis longtemps et avait posé toutes ses vacances d'été pour aider son petit frère Kieran à remettre en état un cottage qu'il avait acheté à Castletown, dans l'extrême sud de l'île.

Alistair était l'aîné de deux ans, mais lorsqu'ils étaient ensemble, Kieran paraissait bien plus vieux, avec sa barbe épaisse et ses cheveux grisonnants. Dans la voiture, Kieran lui exposa avec enthousiasme son grand projet de locations saisonnières.

— C'est un bon plan pour moi. Je rachète des maisons délabrées et je les retape pour les louer. Comme ça, je suis mon propre patron et je ne dois rendre de compte à personne.
— Oui, c'est une bonne idée. Comme ça, tu ne frapperas pas ton patron et tu n'iras pas en prison pour ça ! lui rappela Alistair, car son frère avait eu de très mauvaises expériences avec tous ses supérieurs hiérarchiques.
— Très drôle, mais pas faux ! En plus, mon frère est comptable, il me fera toute la paperasse gratuitement...

Ils éclatèrent de rire comme lorsqu'ils étaient enfants. Malgré des itinéraires de vies différents, une grande complicité les avait toujours liés. Kieran reprit un peu son sérieux et annonça à son frère :
— Au fait, pendant les travaux on fera du bivouac dans le cottage.
— Génial ! Du camping dans une ruine, ça va me changer de la City, s'amusa Alistair.

Ce dernier ne se trompait pas, quand ils arrivèrent, il découvrit les décombres d'une maison. Seuls restaient les quatre murs porteurs. Heureusement, leur père leur avait enseigné l'art de faire les choses par eux-mêmes et malgré son côté dandy, Alistair appréciait le travail manuel, surtout si celui-ci était réalisé en famille. L'emplacement de la propriété était idéal, avec une vue imprenable sur la mer d'Irlande et un accès direct à la plage de galets en traversant la rue.

Pendant qu'Alistair découvrait les lieux, Kieran alla déposer les bagages de son frère à l'intérieur et en revint avec un pack de bières. Ils s'installèrent devant la maison et trinquèrent à leurs retrouvailles. Alistair, en parfait homme d'affaires, souleva un point qui le tracassait :
— C'est étrange que personne n'ait retapé ce cottage avant toi, la vue est magnifique.
— C'est ce que j'ai dit au vendeur. Je dois être un sacré veinard !
— J'espère qu'il n'y a aucun vice caché, s'inquiéta l'aîné.
— Écoute, des amis ont vérifié les fondations, le sol... Rien d'anormal, juste une vieille folle qui s'est arrêtée hier soir pour hurler que je ne serai pas le premier à vouloir « mettre un toit là où les fées ont décrété qu'il n'y en aurait pas ». Ce sont ses propres mots !
— Et pourquoi refuseraient-elles qu'on ait un toit ?
— Et bien, pour tout te dire, j'ai découvert que la maison avait été construite à l'emplacement exact d'un arbreaux fées âgé de plus de mille ans. Selon les indications de mon cher voisin qui vient très souvent m'éclairer de ses lumières.
— Oups ! On est damnés alors ? plaisanta Alistair en

trinquant avec son frère.

Ils regardèrent le soleil se noyer dans la mer. Puis, Kieran alluma un chauffage à gaz dans un recoin de la pièce avant de se glisser dans son sac de couchage. La nuit était étrangement silencieuse. Cela changeait du bruit de la capitale qui berçait habituellement le sommeil d'Alistair. Là, il dut se contenter du ressac des vagues sur les digues et des ronflements de son frère.

Le lendemain, ils déjeunèrent rapidement, puis organisèrent les échafaudages pour mettre en place l'ossature de la charpente. Kieran avait déjà fait livrer tout le matériel nécessaire au gros œuvre. Les frères travaillèrent de concert avec un enthousiasme presque enfantin.

Le soir, la première étape était terminée, ils pourraient ainsi commencer à fixer les chevrons et les liteaux les jours suivants. Après un bref repas et quelques bières, Kieran alla se blottir dans son sac de couchage et s'endormit aussitôt. Alistair, toujours en décalage avec sa vie urbaine, traversa la route et resta un moment sur la grève à écouter le flux et le reflux de la mer.

Vers minuit, il aperçut d'étranges lumières virevoltant au-dessus de l'écume des vagues. Supposant que cela devait être des lucioles, il se rapprocha sans faire de bruit pour les admirer, quand

il comprit tout à coup que ce qu'il prenait pour des insectes ressemblait plutôt à des créatures humanoïdes pourvues d'ailes graciles et luminescentes. Leur corps était recouvert de feuilles d'arbre mêlées à des pétales de fleur. Le cœur tremblant, il sortit son téléphone portable pour prendre une photo. Mais alors qu'il s'avançait, il renversa une accumulation de galets. Les fées tournèrent la tête vers lui. Alistair paniqua en découvrant leurs visages diaphanes et recula aussi vite qu'il put. En revenant vers la maison, il trébucha et tomba lourdement sur les galets. Les créatures l'avaient rejoint et virevoltaient avec légèreté au-dessus de lui. Puis, il entendit quelqu'un crier son prénom. L'image des fées disparut pour laisser apparaître celle de Kieran, le regard inquiet.
— Qu'est-ce que tu as ? Tu es tombé ? Alistair caressa son crâne et sentit la bosse qui pointait sous son cuir chevelu.
— Oui ! Je crois que j'ai trop bu, répondit-il un peu gêné de la situation.
— Tu m'as fait peur ! Tu as passé la nuit là ? Alistair regarda autour de lui, le soleil se levait déjà sur la mer.
— Allez, debout ! Tu veux un café ou un thé ?
— Thé noir. Cette nuit, j'ai vu des fées danser au bord de l'eau.
— Sacré Alistair... Tu es bien comme maman, toi !
— Pourquoi tu dis ça ?

— Tu sais bien... Avec sa pierre de lune autour du cou, elle croyait voir les êtres fantastiques partout !
— Très drôle, se vexa Alistair en défroissant ses vêtements.

La journée se déroula normalement. Le toit prit forme au rythme des coups de marteau et des blagues de Kieran. Ils posèrent les chevrons et les tasseaux, déployèrent un isolant et, en fin de soirée, recouvrirent le tout d'une bâche en plastique pour protéger leur chantier de l'humidité. Épuisés, ils se postèrent devant le cottage, très fiers du résultat de leurs efforts. C'est à ce moment que le voisin sortit de chez lui pour promener son chien. Il observa les deux frères et le toit, puis s'approcha pour les saluer. Il commença par les féliciter, mais conclut en leur conseillant d'un ton lugubre d'aller dormir ailleurs. Kieran et Alistair se regardèrent en haussant les épaules.

Pour fêter cette deuxième étape, ils décidèrent d'aller en ville s'offrir un fish and chips et quelques bières. Les choses en entraînant d'autres, ils firent également un tour des pubs de Castletown et ne revinrent au cottage que très tard. Plus ils se rapprochaient et plus le toit leur paraissait biscornu. Quand ils furent enfin devant la maison, ce qu'ils découvrirent les laissa sans voix. Les chevrons étaient à terre, l'isolant complètement arraché et la charpente en partie détruite.

— Qui a fait ça ? hurla Kieran en se tenant la tête.

Alistair détaillait les dégâts sans qu'aucun son ne parvienne à sortir de sa bouche. Puis, ils entendirent du bruit qui provenait de l'intérieur du cottage. Sans hésiter, Kieran saisit un long morceau de bois et entra dans la maison, prêt à en découdre avec les vandales. Alistair en fit de même. L'intérieur était baigné dans les ténèbres, mais la clarté de la lune leur dévoila une masse gigantesque, de la taille d'un ours. Silencieusement, Kieran se rapprocha, pendant que le monstre donnait de violents coups de poing sur une palette d'ardoises. La créature sentit leur présence et se retourna en lâchant un râle puissant et grave.

À leur grande surprise, le monstre était loin de ressembler à un ours, mais plutôt à une taupe géante. Ses yeux rouge sang transpercèrent la nuit et vinrent paralyser les deux jeunes hommes qui en laissèrent tomber leurs bouts de bois. La créature se mit alors à courir vers eux et balaya d'abord le corps de Kieran d'un revers de bras. Ce dernier fut projeté contre un mur et resta assommé. Puis ce fut le tour d'Alistair, tétanisé de peur, qui fut propulsé en arrière contre les montants de la porte d'entrée. Le monstre disparut dans la nuit en un instant.

Le réveil des deux frères fut douloureux. Un peu désorienté Kieran tituba vers la porte et trouva son frère étendu. Il secoua Alistair de toutes ses forces. Ce dernier ouvrit les yeux en lâchant un grognement, tout en se frottant le crâne qui comptait à présent plusieurs hématomes.

— On aurait dit un ours, murmura Kieran le visage blême.

— Moi, je pense que c'était un Buggane[10], fit Alistair en se massant le bras.

— Tu ne vas pas t'y mettre ? Ces trucs-là n'existent pas ! Ce sont des croyances de vieilles femmes !

— Je sais, ça a l'air fou, mais regarde notre toit et souviens-toi de l'apparence de cette chose ! Tu as déjà vu un ours sur l'île de Man, toi ?

— Houlà frangin ! Moi, j'appelle la police. Quelqu'un essaye de nous faire peur et si je mets la main sur lui, il va passer un mauvais quart d'heure !

— Vas-y ! Moi je vais jeter un œil à l'intérieur et tenter de rassembler nos affaires.

Alistair saisit une lampe torche et examina les décombres. Il remarqua dans le coin d'une pièce un étrange alignement de pierres formant un cercle parfait. Quelque chose de douloureux se réveilla dans sa poitrine, le ramenant à l'époque où il n'était qu'un jeune enfant. C'était une sensation si désagréable pour lui qu'il la mit en sourdine aussitôt. Il fouilla les gravats à la recherche de son sac de couchage et se dirigea vers la plage, pendant que Kieran expliquait

---

[10] Le Buggane est une créature fantastique du folklore de l'île de Man. Il prend souvent les traits d'un ogre.

aux policiers ce qu'il venait de leur arriver. Alistair s'emmitoufla au chaud dans son duvet et se laissa bercer par les vagues.

Leur mère croyait au monde magique des fées, elle avait tenté d'initier ses garçons, mais sans grand succès. Néanmoins, Alistair, sous ses airs de sérieux comptable, avait conservé cette petite étincelle de féerie au fond de lui. Il sortit de sa poche un sachet en velours qu'il gardait précieusement sur lui. Il contenait la pierre de lune offerte par sa mère avant de mourir. Il se demanda ce qu'elle leur aurait conseillé en pareil cas. Cette nuit-là, il revisita son passé. Il se lova dans les bras de sa mère comme s'il était à nouveau un petit enfant.

Le lendemain, Alistair tenait la solution à leur problème. Le plus difficile serait de convaincre son frère. Il constata avec tendresse que ce dernier l'avait rejoint sur les galets inconfortables. Il dormait bruyamment à côté de lui, exhalant une forte odeur de tabac et d'alcool. Alistair se leva, rempli d'une énergie nouvelle. Après s'être rafraîchi à l'eau de mer, il se dirigea vers le cottage en ruine, prêt à se remettre à l'ouvrage. Il rassembla d'un côté ce qui restait en bon état et de l'autre ce qui ne l'était plus. Heureusement, le matériel détruit n'était pas trop coûteux au rachat.

Kieran arriva un peu plus tard d'un pas lourd,

l'air abattu. Il resta un moment à regarder son frère s'affairer avant de lui donner un coup de main. Alistair l'accueillit en lui tapant sur l'épaule pour le motiver.

— Nous allons reconstruire tout ça, mais cette fois, nous allons commencer par déblayer l'intérieur, avança Alistair avec assurance.

— C'est sûr, nous allons tout remonter ! Et je vais préparer à ces vandales une bonne soupe de marteaux pour ce soir, dit Kieran en se frottant les mains.

— Tu n'as rien compris on dirait, déclara Alistair en regardant son frère. As-tu remarqué ça ? Alistair désigna le cercle de cailloux dans la maison. Kieran resta un instant silencieux.

— Oui, je l'ai vu le jour où j'ai visité avec l'agence.

— Pourquoi tu n'y as pas touché ?

— Ça m'a rappelé maman. J'ai juste repoussé le moment de le mettre à la benne.

— Et tu as eu raison. Par contre, on va ordonner tout ça pour en faire un véritable autel, digne de ce que notre mère aurait fait et nous allons installer un nouvel arbre. Souviens-toi, elle nous racontait que les Bugganes obéissent aux fées. Si elles l'envoient, c'est qu'elles sont en colère. Ce lieu n'est rien d'autre qu'un sanctuaire de fées, tu comprends ? Et à l'emplacement d'un arbre de plus de mille ans, comme ton voisin te l'a appris. Ceux qui l'ont coupé

ont sans le savoir commis une grave erreur.
— Eh bien ! Où est passé le petit comptable de Londres ? ironisa Kieran en lissant sa barbe.
— Je pense que le col blanc-cravate est resté dans un gratte-ciel de la City. Ici, je suis juste le fils d'une femme qui, elle, comprenait parfaitement les êtres magiques. Je pense qu'un sureau noir serait idéal. Maman disait que c'était l'arbre aux fées.
— Là, je crois que tu m'en demandes trop... Fais ce que tu veux et laisse-moi régler ça à ma façon, répondit Kieran d'un ton ferme.

Alistair nettoya l'intérieur de la maison sans toucher au cercle de pierre. Puis, il arpenta la plage pour choisir un à un les galets qui constitueraient son nouvel autel. Il ramassa également quelques plumes d'oiseaux et des feuilles de chêne. Puis, il se rendit dans une jardinerie et y acheta un petit arbre, un sureau noir comme il l'avait imaginé et le planta dans un joli pot à bonsaï.

Une fois rentré, il empila les galets au centre du cercle existant en cherchant l'angle d'équilibre parfait, il plaça son arbre au centre. Il fit ensuite un bouquet de tous les autres éléments qu'il attacha avec de la ficelle de crin. Enfin, il sortit de son sac un paquet de bougies, en alluma une et la colla devant cette accumulation de nature. Il la laissa se consumer entièrement, puis en déposa une deuxième.

Étrangement, Alistair ne se sentait pas du tout ridicule, malgré les regards ironiques lancés par son jeune frère.

Le lendemain matin, ils se remirent au travail sur le toit. Ils consolidèrent la charpente, fixèrent à nouveau les chevrons et les liteaux. Puis, ils recouvrirent l'ensemble d'un isolant naturel. Il ne manquait à leur toiture que les ardoises pour finaliser le gros œuvre.

La soirée était plus fraîche que la veille, aussi Kieran alluma le chauffage au gaz et Alistair positionna quelques bougies supplémentaires sur l'autel en l'honneur des fées. Kieran sortit de son portefeuille une vieille photo de leur mère et l'installa au centre du cercle de pierres, sous le regard médusé de son grand frère qui voyait là un geste symbolique d'une grande force. Il n'hésita pas à lui demander :

— Si l'on passe la nuit sans se prendre le toit sur la tête, il faut que tu me promettes de laisser cet autel en place.

— Si on arrive à mettre un toit sur cette baraque, je la revends aussitôt et les prochains pigeons se débrouilleront avec les vandales, les ours, les fées et même le Buggane !

— Je comprends, répondit Alistair.

Alistair, le cœur apaisé d'avoir renoué avec une partie enfouie de son être, s'endormit assez vite, suivi

quelques heures plus tard par Kieran, fatigué d'attendre que les voyous reviennent. Quand ils furent tous deux endormis, les créatures merveilleuses envahirent le cottage pour célébrer l'autel et le nouvel arbre offert par Alistair. Les fées dansèrent en rond, puis s'éparpillèrent dans toute la maison, répandant derrière elles de la poudre étincelante. Dans l'embrasure de la porte, une masse gigantesque se faufila silencieusement et posa ses yeux rougeoyants sur les frères endormis. L'une des fées vint s'installer sur l'épaule du terrible Buggane et murmura :
— Tant que les hommes honoreront cet autel, plus jamais le toit tu ne feras tomber.

Le géant hocha la tête en signe d'accord et la fête des fées reprit jusqu'aux premières lueurs du matin.

Quand le jour se leva, Kieran et Alistair furent soulagés de constater que leur toit était intact. Ils se réveillèrent étrangement reposés et commencèrent à préparer leur petit-déjeuner lorsque le voisin passa la tête dans l'encadrement de la porte. D'un ton enjoué, il déclara :
— Bonjour Messieurs ! On dirait que les fées vous ont permis de rester finalement ?
— Sans doute aiment-elles leur nouvelle maison, se félicita Alistair en lui montrant du doigt le sureau noir qu'il avait planté.

— La solution réside parfois dans de petits gestes, ajouta le vieil homme d'un air malicieux.

Le cottage fut entièrement rénové et aussitôt les travaux terminés, Kieran le mit en vente. Alistair avait demandé à son frère d'avertir les acheteurs concernant l'autel des fées, mais ces derniers, incrédules, le démontèrent aussitôt et sortirent l'abre de la maison. La colère du Buggane ne se fit pas attendre et le soir même, pendant leur absence, le toit fut mystérieusement détruit.

CŒUR DE MANEKI-NEKO

La légende[11] qui suit nous emmène au Japon à la période Edo, celle des samouraïs et des grands seigneurs, dans le modeste temple de Gotoku-ji rattaché à Setagaya un petit village non loin de Tokyo. En ce temps-là, le sanctuaire était très pauvre et le prêtre qui s'en occupait avait bien du mal à se nourrir et à entretenir les espaces de prière. Seuls les imposants érables rouges donnaient de la joie et de l'harmonie à ce lieu. Un jour, un petit chat blanc entra dans le temple en miaulant de faim.

Le prêtre, s'agenouilla près de lui, le caressa et sentit quelque chose de spécial au fond du regard de ce petit animal. Il décida de le prendre sous son aile. Il le baptisa Tama, qui signifie "pierre précieuse", et il partagea avec lui le peu qu'il possédait. Le chaton

---

[11] D'après une légende japonaise du XVIIe siècle.

apporta aussitôt tendresse et joie à son nouveau maître, mais à force de misère et de pauvreté, ce dernier avait de plus en plus de mal à survivre et à subvenir à leurs besoins à tous les deux.

Un soir de grande faim, un violent orage éclata. Les gouttes de pluie martelaient les tuiles en ardoises. Tama tremblait de tout son corps et vint se blottir dans les bras du prêtre. Ce dernier caressa le dos de Tama pour le rassurer, puis lui dit :
Ce soir, le dieu de l'orage semble exprimer sa colère... Qu'il serait beau que tu sois un esprit de la nature toi aussi, pour que tu apportes à ce temple un peu de prospérité !

Au même moment, traversant la forêt, un puissant samouraï Ii Naotaka et ses hommes tentaient de trouver un endroit pour mettre pied à terre et s'abriter de la pluie. Un immense camphrier se tenait sur leur route. Ses branches étaient si amples qu'elles formaient un parfait refuge aux cavaliers.

Au temple, les éclairs déchiraient toujours le ciel de mille feux. Tama tremblait de plus belle dans les bras du prêtre. Mais après un coup de tonnerre plus puissant que tous les autres, le chat arrêta de frémir et se débattit dans les bras de son maître qui fut obligé de le lâcher. Dès que ses pattes touchèrent le sol, Tama se mit à courir vers la sortie du temple, le vieil homme tenta de le rattraper, mais le chat disparut dans la nuit.

    Tama fila sous la pluie, sans rien voir devant lui. Non loin du camphrier et des samouraïs, il s'arrêta. Son poil était mouillé, la nuit était noire, mais la lune laissait filtrer quelques rayons. Le grand samouraï Ii Naotaka se retourna à cet instant et remarqua la petite créature blanche au milieu du chemin. L'éclairage de la lune donnait à son pelage une blancheur irréelle. Sous le regard intrigué du seigneur, le chat s'assit et leva la patte en observant le samouraï. Il recommença plusieurs fois le même geste insolite. Le chat semblait lui faire signe de la patte. Ii Naotaka, très croyant, vit là un signe et ordonna à ses hommes de remonter à cheval et de le suivre. Ils quittèrent l'abri du camphrier pour s'avancer vers le chat.

    Alors que le dernier cavalier s'approchait de Tama, un éclair foudroya le camphrier incendiant toutes ses branches. Ii Naotaka et ses compagnons contemplèrent l'arbre qui les avait abrités brûler littéralement sous leurs yeux. Puis, ils observèrent l'étrange chat qui leur avait sauvé la vie. Sans hésiter, ils se mirent à genoux devant lui. Sans son intervention, aucun d'eux n'aurait survécu. C'est à ce moment-là qu'ils entendirent quelqu'un crier sur le chemin. « Tama ! » « Tama ! » Ils virent apparaître sous leurs yeux un vieil homme qui se jeta sur le chat blanc et le prit tendrement dans ses bras.

« Ce chat vous appartient ? Demanda le Samouraï Ii Naotaka.

— Oui seigneur. J'espère qu'il n'a pas effrayé vos montures ?

— Au contraire, ce chat nous a sauvé la vie ! Voyez l'arbre qui brûle derrière nous ! Il nous a fait signe de le rejoindre.

— Il vous a fait signe ? Le prêtre regarda avec tendresse le chat lové dans ses bras. Puis les hommes devant lui. Et il reprit.

— Suivez-moi, mes seigneurs, mon temple est bien humble, mais vous pourrez vous abriter sans craindre la foudre. »

Les cavaliers suivirent le prêtre jusqu'au temple. Ce dernier leur prépara du thé et tous regardèrent amusés Tama faire une toilette qui dura de longues minutes. Aux premières lueurs du jour, la pluie cessa et un beau soleil réchauffa la nature et les grands érables rouges du temple. En signe de reconnaissance Ii Naotaka offrit une immense fortune au prêtre et à son chat. Le clan « Ii » plaça également le sanctuaire sous sa protection et il devint de plus en plus populaire. Ainsi, la prière du prêtre fut exaucée, grâce à ce petit chat porte-bonheur, le temple prospéra et ils n'eurent plus jamais à manquer de rien !

De nos jours, lorsqu'on arpente les allées du

temple, on peut y découvrir un petit sanctuaire dédié à Tama, le Maneki Neko " le chat qui invite ". On y fabrique des petites statuettes à son effigie, qui reproduisait la posture que Tama avait prise au moment où il semblait faire signe au Samouraï de le rejoindre. Les visiteurs les achètent afin d'inviter les passants à se diriger dans leurs boutiques, ou maisons et ainsi leur apporter la même prospérité que le temple de Gotoku-ji a pu recevoir.

UNE ROBE ÉTOILÉE

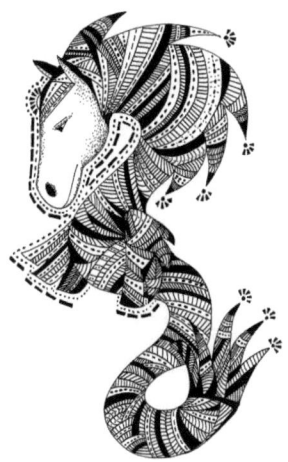

Sonia rêvait depuis longtemps de visiter le pays de Galles. Pour ses vingt-cinq ans, sa tante Jacqueline avait exaucé son vœu en l'invitant chez elle pour les vacances d'été. Ce voyage était aussi le premier que la jeune femme faisait loin de sa Camargue natale. Ses parents l'avaient accompagnée jusqu'à l'aéroport de Nîmes où, chaque jour, un avion décollait pour celui de Liverpool.

Sa tante l'accueillit à l'arrivée des passagers. C'était une femme d'âge mûr qui s'était mariée vingt ans plus tôt avec un vaillant gallois qu'elle avait suivi sur ses terres familiales. Tous deux avaient la même passion pour les chevaux et vivaient en organisant des randonnées équestres à travers tout le pays de Galles. Ils s'étaient installés dans un petit village au nom improbable et magique : Abergwyngregyn. Sonia avait passé tout le vol à penser aux chevaux gallois qu'elle allait monter pendant son séjour. Car la jeune femme partageait leur amour pour les équidés. Depuis son premier tour de poney à l'âge de six ans, elle pratiquait l'équitation toutes les semaines et avait même un très beau palmarès en saut d'obstacles.

  Ce fut pour Sonia un véritable coup de cœur et pour ses parents une porte ouverte sur l'univers de leur fille. Diagnostiquée à l'âge de quatre ans d'une forme d'autisme sans déficit intellectuel, Sonia avait des particularités sensorielles et neuronales qui complexifiaient son rapport au quotidien. Elle avait l'impression quasi permanente d'être une authentique extraterrestre aux yeux de tous ceux qui l'approchaient, à commencer par sa propre famille. Ainsi, les chevaux et sa passion pour la littérature lui permettaient d'appréhender le monde et de trouver sa place. Jacqueline était venue chercher Sonia en voiture et le volant à droite la mit dans un état de stress incontrôlable. Pour se détendre, elle triturait un mouchoir nerveusement. Sa tante était consciente de sa condition et elle roula le plus lentement qu'il lui était possible. De plus, elle emprunta pour la dernière demiheure une route qui offrait un formidable point de vue sur la mer d'Irlande. Cette vision apaisa sa nièce.

Le village d'Abergwyngregyn était un bijou posé dans une vallée verdoyante, à deux pas de la mer. Jacqueline ne tarissait pas d'éloges sur l'endroit où elle vivait. Sonia l'écoutait, un peu lointaine. Se projeter lui était difficile, mais elle comprenait que sa tante soit si impatiente de tout lui faire découvrir.

Quand elles passèrent la petite barrière en bois qui délimitait l'entrée, Sonia laissa s'échapper un soupir de soulagement. La propriété n'était pas très grande, elle se composait d'une maison en pierre, d'une écurie et d'un hangar.

Dès qu'elle descendit de la voiture, Sonia se dirigea instinctivement vers les stalles des chevaux. C'était le début de soirée, les animaux se reposaient de leur journée de randonnée. Essentiellement de race Welsh Cob et Pur-Sang, ils avaient tous de magnifiques robes de couleur caramel ou chocolat. Austin, le mari de sa tante, était occupé à leur mettre du foin dans les mangeoires. Il salua Sonia mais, comme à son habitude, celle-ci esquiva le contact avec cet inconnu et se rapprocha d'un cheval. Elle cajola chaque animal avec tendresse, sans s'apercevoir que ses hôtes la regardaient avec fascination. Les chevaux agissaient avec elle en parfaite connivence. Il est vrai qu'elle savait les approcher sans déclencher leur méfiance.

Après le dîner, Jacqueline l'invita à venir

s'asseoir dans la fraîcheur de la nuit pour contempler le ciel étoilé. Elle et son mari travaillaient régulièrement avec des groupes d'enfants autistes, ils avaient ainsi l'habitude de leurs comportements atypiques. Aussi, afin de donner une routine rassurante à Sonia, elle lui annonça à l'avance le programme qu'elle lui avait imaginé :
— Demain, nous pourrions déjeuner vers huit heures et ensuite, nous ferons une balade à cheval autour d'Aber. Tu prendras Blue-River, moi je monterai Pepper, c'est mon cheval. Il ne part jamais en randonnée avec les autres, car il est trop nerveux avec les inconnus. On commencera par un circuit facile jusqu'au lac Llyn Anafon où nous ferons un piquenique. Tu verras, c'est très beau !
— Où tu voudras. Tant que je peux monter à cheval...
— Je m'en doute ma belle, répondit sa tante.

Au petit matin, Sonia s'échappa de la maison pour aller voir les chevaux. Sans surprise, ils l'accueillirent avec enthousiasme. Ce doux moment avec eux agissait sur elle comme un baume apaisant. Austin vint interrompre cet instant de complicité, car il devait partir pour une randonnée. Sonia resta sur sa réserve comme à son habitude, mais elle l'aida à faire monter trois chevaux dans son camion de transport. Jacqueline arriva à son tour pour préparer leur propre sortie.

À cheval, Sonia se sentait plus forte et libre. Son cœur et sa respiration rythmaient le galop de Blue-River. La jument répondait parfaitement à ses envies. Quand elles arrivèrent près du lac, elles mirent pied à terre et laissèrent leurs montures se désaltérer. Jacqueline invita Sonia à s'asseoir près d'elle.
— Comment te sens-tu ici ?
— Un peu perdue... Heureusement, il y a les chevaux et mes livres.
— Oui, ce sont tes intérêts restreints. Ta mère me parle souvent de ses inquiétudes au sujet de tes colères et de ton isolement. Tu sais, elle n'a jamais supporté la violence sous aucune forme et elle n'arrive pas à savoir comment l'éviter.
— Je vois que ma mère t'a demandé de me faire la leçon ! Comme si je pouvais contrôler ce qui m'arrive ! répondit Sonia, révoltée.
— Ne t'énerve pas. Elle ne m'a rien demandé du tout ! Je sais que tu es capable de dépasser tout ça. Tu sais, je vois beaucoup d'autistes dans mon travail. Et ton handicap est plus léger que la plupart d'entre eux.
— Oui, les autistes Asperger[12] sont en apparence comme tout le monde. Notre handicap est invisible. On se fiche pas mal qu'on vive en permanence dans la peur et l'angoisse !
— Tu pourrais avoir une vie normale, te faire des amis... osa Jacqueline, mais Sonia ne la laissa pas finir.

---

[12] Le syndrome d'Asperger est un trouble du spectre autistique.

— Mais j'ai une vie normale ! C'est quand je suis avec des gens qui m'obligent à être quelqu'un d'autre que je souffre.

La jeune fille se leva, le visage crispé comme si elle allait imploser. Il y avait quelque chose qu'elle ne supportait pas chez les neurotypiques[13] : c'était leur entêtement à considérer que leur normalité est la seule échelle de valeur digne d'être appliquée à tous. Depuis toujours, elle avait l'impression d'être un éléphant qu'on obligeait à faire marcher sur une corde tendue au-dessus du vide. Les crises étaient aussi inévitables que le monde pouvait être bruyant et stressant. À bout de nerfs, elle se détourna de sa tante et courut vers Blue-River. Elle enfourcha sa monture et partit au galop vers la forêt, laissant Jacqueline déconcertée.

Au bout de quelques minutes, le contact avec la jument la rassura, le silence et la solitude aussi. Sonia s'arrêta de galoper car le sous-bois se resserrait et devenait dangereux pour son cheval. Elle mit pied à terre et écouta la nature autour d'elle. Non loin, le clapotis d'une rivière se fit entendre. Elle s'en rapprocha, tenant toujours Blue-River par la bride. La jument sentait la tristesse de la jeune fille et se fit aussi câline qu'elle pût pour l'apaiser.

Un curieux brouillard apparut soudainement, survolant délicatement le sol. Sonia remontait la berge de la rivière quand, près d'un rocher, elle discerna ce

---

[13] Le terme neurotypique est utilisé par la communauté autistique pour désigner les gens se trouvant dans la norme neurologique.

qui semblait être la tête d'un cheval. Elle attacha Blue-River à un tronc et s'avança. Le brouillard devint subitement plus épais. Sans hésiter, elle entra dans l'eau froide pour se rapprocher de cet étrange cheval.

C'était un animal d'une grande beauté, sa crinière retombait comme une cascade blanche sur la moitié de sa tête et sa robe, d'un gris sombre, était constellée de taches plus claires qui évoquaient un ciel étoilé. Il s'ébroua et avança vers Sonia. La brume dévoila brièvement son arrière-train et elle fut stupéfaite de découvrir... une queue de poisson. Elle sentit ses émotions court-circuiter son cerveau et son corps se mit à trembler sans qu'elle puisse l'arrêter. La créature, mi-cheval mi-poisson, continua de se rapprocher d'elle. Effrayée, Sonia voulut reculer mais la pression de l'eau la fit tomber à la renverse et sa tête vint heurter un rocher. Sonia resta en semi-conscience quelques instants, les images se floutèrent devant ses yeux, mais elle entrevit une image troublante : à la place de l'étrange monture se tenait un homme qui s'avançait vers elle.

Lorsqu'elle rouvrit les yeux, elle reconnut la chambre que lui avait préparée sa tante. Cette dernière entra à ce moment et fut rassurée de la voir réveillée. Elle s'assit sur le lit à côté d'elle.

— Comment vas-tu ma belle ? Tu nous as fait une sacrée frayeur !

— Comment ça ?

— Tu es tombée dans la rivière. Tu ne te souviens pas ? Heureusement, quelqu'un t'a sorti de l'eau avant que tu ne te noies.

— Qui ?

— Un promeneur. Il est en bas avec le docteur que nous avons appelé, car tu t'es cogné la tête contre un rocher. Par chance, nos selles portent toutes l'adresse de notre propriété. Maintenant, il faut que tu te reposes.

Cette nuit-là, Sonia rêva qu'elle chevauchait le cheval gris, tacheté d'étoiles. Ils galopaient le long de la rivière, puis comme par magie, sa monture s'élevait dans les airs. Ils survolaient Abergwyngregyn. Les nuages s'accrochaient à sa longue crinière. Sonia sentait son cœur battre à l'unisson de la créature. Un hennissement puissant sortit de sa poitrine et sa monture redescendit en transperçant d'épais cumulus. Le cheval se dirigea vers une cascade bruyante et déposa Sonia sur la berge. Puis il entra dans l'eau et s'ébroua sous la chute qui le transforma instantanément en homme. Sans un mot, il revint vers elle et la prit par la main. Sonia contempla les étoiles, elle écouta l'eau chanter au bruissement du vent et vit les arbres s'étirer et croître. L'homme-cheval la guida sur un sentier qui serpentait dans les bois. Leur promenade dura le temps des rêves.

Un rayon de soleil matinal qui traversait la vitre de sa chambre la réveilla et elle sentit toute la tristesse de son retour au monde réel. Dans ces moments-là, elle aimait se réfugier dans un de ses livres de chevet. Celui qui trônait en haut de la pile s'intitulait Feuilles d'herbe, un recueil de poèmes de Walt Whitman. Au hasard de sa lecture, elle s'attarda sur une strophe du poème Chanson de l'universel :

« ... *Oh les yeux bienheureux et les cœurs joyeux De ceux qui voient, qui reconnaissent le fil d'Ariane À travers ce puissant labyrinthe !*[14] »

Elle resta allongée dans son lit un moment, à rassembler les parcelles éparpillées de son rêve. Quand elle se sentit assez forte pour affronter le réel, elle se leva, étrangement pleine d'énergie. Elle enfila un pull-over et descendit l'escalier menant au rez-de-chaussée. Une bonne odeur de café l'attendait dans la cuisine. Elle se servit une tasse et sortit dans la cour quand Jacqueline arriva, tenant Pepper par la bride.
— Bonjour ma belle. Comment te sens-tu ?
— Bien. J'ai dormi longtemps on dirait.
— Oui, hier soir, je t'ai donné un calmant pour ta vilaine bosse.
— Je suis désolée pour hier.
— Ce n'est rien. Le jeune homme qui t'a sauvé, Lloyd,

---

[14] Walt Whitman, Feuilles d'herbe, 1855.

viendra dans l'après-midi pour prendre un thé.
— Je n'ai pas envie de le voir ! se braqua Sonia soudainement.
— Quand même, il t'a sauvé la vie, s'indigna Jacqueline en fronçant les sourcils.
— Je n'ai pas envie de le voir, un point c'est tout ! Pourquoi les gens veulent toujours me dire que ce que je dois faire et comment je dois le faire ? Ce que je dois ressentir et comment je dois le ressentir ? tempêta Sonia à nouveau.

Elle remonta l'escalier et s'enferma dans sa chambre pour n'en ressortir qu'en début d'après-midi, en tenue de cavalière.

Elle se rendit aux écuries sans croiser personne, sella Blue-River en la caressant tendrement et partit au trot. Sa balade commença par un petit chemin traversant les pâturages verdoyants, puis se rapprocha de la côte où Sonia écouta le ressac de la mer d'Irlande sur les falaises. En rentrant, elle pénétra dans la forêt et remonta le long d'une rivière bordée de rochers. Assis sur l'un d'eux, un homme plongeait ses pieds dans l'eau en sifflotant. Entendant les sabots de Blue-River, il se retourna et Sonia reconnut celui qu'elle avait croisé deux fois en songe. Ce dernier la salua :
— Bonjour ! Tu sembles aller mieux, dit-il avec un accent gallois très prononcé. Il se leva, sous le regard

médusé de Sonia qui ne savait plus très bien si elle se trouvait dans la réalité ou ailleurs. Il se rapprocha et vint flatter le cheval en lui caressant le flanc.

— Mais peut-être que tu ne te souviens pas de moi ? Je t'ai sortie de la rivière hier.

— Oh ! Pardon, je croyais... Enfin, je voulais dire... merci.

— C'est normal. Il s'assit près de la rivière et poursuivit :

— Tu connais la légende du Ceffyl dwr[15] ?

— Non, fit Sonia en descendant de sa monture. Il l'invita à s'asseoir près de lui sur un rocher, puis commença son histoire :

— Les légendes racontent que c'est une créature mi-cheval mi-poisson qui apprécie de jouer de vilains tours aux personnes qui s'égarent près des cours d'eau. Il leur fait faire une promenade dans le ciel, puis les jette au sol sans ménagement. Certains se rompent le cou ! D'autres ont un peu plus de chance... J'ai toujours rêvé de faire un tour sur son dos.

— Comme moi, hier... murmura Sonia en laissant son esprit se perdre dans les mouvements de l'eau devant elle.

En confiance, elle poursuivit :

— J'ai vu dans la rivière un cheval magnifique à queue de poisson, sa robe était grise, tachetée de blanc, après je crois qu'il s'est changé en homme... C'est à ce

---

[15] Le Ceffyl dwr que l'on peut traduire littéralement par « cheval aquatique », est une créature fantastique présente dans le folklore gallois.

moment-là que j'ai failli me noyer et que tu es venu me sauver.

— Étrange, la légende ne raconte pas qu'il peut se transformer comme ça... Mais peut-être que le Ceffyl dwr est tombé amoureux de toi, dit-il en souriant tendrement à Sonia.

— Que pourrait-il aimer en moi ?

— Ta douce magie sans doute...

Lloyd laissa sa phrase en suspens. Ils restèrent ainsi un long moment dans un silence complice. Sonia remarqua de minuscules taches grises sous les yeux de Lloyd. Intriguée, elle avança une main vers la joue du jeune homme pour vérifier si sa peau avait la même douceur que celle du Ceffyl dwr. Ce contact ressemblait à la traversée d'un miroir, ou à une porte que l'on ouvre sur un ailleurs mystérieux.

L'univers de Sonia était loin d'être aussi vide et triste que sa famille pouvait l'imaginer. Au fil du temps, elle avait organisé un espace rempli de féerie, de mots et d'émotions. Dans cet abri, elle était merveilleusement bien, elle ne risquait pas d'être déçue ou blessée.

L'imaginaire est un formidable fil d'Ariane pour ceux qui se trouvent perdus dans un labyrinthe peuplé de monstres.

DANS SON OMBRE

Lewis Balfour œuvrait comme auteur de polars à succès. Il résidait à Édimbourg et venait de perdre subitement sa mère. Dans son testament, celle-ci lui léguait un cottage dans le petit village de Luss, situé dans l'arrière-pays écossais. Très éprouvé par le décès de celle dont il avait toujours été si proche, il décida de s'installer dans la maison de vacances familiale afin d'y terminer son prochain roman. Son éditeur lui avait déjà donné plusieurs sursis, il ne pouvait lui en demander un de plus.

Le village de Luss se trouvait sur la rive ouest du Loch Lomond. Lewis était certain qu'il n'y avait pas meilleur endroit pour achever son nouveau livre. D'autant que c'était précisément là qu'il s'était découvert une passion pour l'écriture. Il plia quelques vêtements dans une valise, prépara son ordinateur, la première ébauche de son manuscrit, et se rendit à la gare routière en taxi. Il fallait presque trois heures pour rejoindre Luss en bus, mais Lewis refusait de conduire, prétextant de souffrir d'incapacité émotionnelle. Secrètement, il appréciait bien plus d'être un passager afin de regarder le paysage défiler et laisser son imaginaire travailler en toute tranquillité.

Quand il arriva à Luss, il fut ému par l'hiver qui avait déjà poussé tous les villageois à allumer leurs cheminées, imprégnant l'atmosphère d'une douce odeur de bois brûlé. Lorsqu'il remonta la rue du Pier où se trouvait son cottage, il eut un douloureux pincement au cœur. Sa mère appréciait tout particulièrement cette époque de l'année. Il se remémora avec tendresse l'image de celle-ci, le corps lové dans un plaid douillet, lisant au coin du feu dans leur salon.

La maison de campagne de la famille Balfour n'était pas très grande, mais aucune des maisons de Luss ne l'était en vérité. Quand il ouvrit la porte d'entrée, il constata que l'intérieur était resté en bon état. Il eut même l'étrange sensation qu'elle était entretenue, car il n'aperçut aucune poussière sur le mobilier et aucune toile d'araignée dans les recoins. Il traînait juste une petite odeur d'abandon qui s'évaporerait en aérant un peu.

Lewis posa sa valise et ouvrit les fenêtres afin de faire pénétrer un peu d'air frais. Le cottage était entièrement meublé dans un style victorien très fleuri. À l'époque où il était enfant, il venait régulièrement à Luss avec sa mère pour fuir le stress de la grande ville. Cette résidence était devenue leur refuge à tous les deux, car le père de Lewis préférait rester à Édimbourg, retrouver ses amis aux pubs et assister aux matchs de rugby.

Quand il entra dans la chambre, le lit à baldaquin lui arracha un soupir lourd de chagrin. Ils avaient l'habitude de dormir parfois ensemble, l'un contre l'autre. Lorsqu'il revint vers la cuisine, il constata que les placards étaient vides. Aussi, il referma les fenêtres, enfila son pardessus et claqua la porte derrière lui. Il savait qu'en remontant un peu la rue, il trouverait le restaurant, le Village Rest et sa statuette candide à l'entrée, annonçant le plat du jour. À l'intérieur, il s'assit à une table après avoir commandé un de leurs célèbres hamburgers servi avec des frites maison. Il passa une très belle soirée, entouré de gens qu'il ne pouvait s'empêcher d'étudier afin de, qui sait, un jour, venir enrichir les personnages de ses romans.

De retour au cottage, il eut une étrange surprise. Il trouva sa valise ouverte, ses vêtements rangés, le café et le thé qu'il avait apportés posés dans la cuisine et son ordinateur installé sur le guéridon du salon. Juste à côté de la fenêtre, là où il l'aurait sans nul doute posé lui-même. Lewis resta un moment immobile pour tenter de regrouper ses souvenirs, de refaire mentalement les gestes depuis son arrivée, mais il ne se rappela pas avoir défait ses affaires. « Tu perds la boule mon pauvre vieux ! » dit-il à haute voix. Puis il se rendit dans la chambre, se coucha et sombra aussitôt dans un sommeil profond.

Le lendemain, une bonne odeur de café le réveilla. Tout son corps se raidit. Au restaurant, on l'avait prévenu que des rôdeurs fracturaient régulièrement les serrures des cottages qui leur semblaient abandonnés. Il se leva et chercha quelque chose qui lui servirait d'arme de défense mais ne trouva qu'un long bougeoir en argent. Cela ferait l'affaire, se dit-il.

Il ouvrit lentement la porte de la chambre et s'avança à pas de loup dans le couloir. Dans le salon, il inspecta la cuisine sans voir personne. Il retourna dans le hall, vérifia le verrou de l'entrée et les fenêtres mais tout paraissait normal. Quand il revint vers la cuisine, il remarqua que la cafetière était programmable. Lewis resta un long moment à regarder l'appareil, se demandant s'il avait lui-même enclenché le programme la veille. Mais il ne s'en souvenait pas plus que d'avoir défait sa valise.

— Il y a quelqu'un ? hurla-t-il.

Le cœur serré, il ouvrit chaque placard du salon, vérifia toutes les portes et fenêtres avant d'aller s'asseoir sur l'un des fauteuils victoriens. Il posa le bougeoir et essaya de retrouver son calme. Après s'être servi une tasse de café, il s'installa devant son ordinateur avec la certitude que quelque chose d'étrange se déroulait sous son nez sans qu'il puisse le comprendre.

Il était très en retard sur son travail, aussi il tâcha d'écrire toute la matinée sans succès. Chaque phrase, chaque mot devaient être extirpés de force de son cerveau. Quand il relut la page qu'il venait de taper, il constata avec angoisse que son histoire était complètement désarticulée et vide de sens.

Vers midi, Lewis commença à grelotter. Il n'avait pas mangé depuis la veille et le café ne faisait plus d'effet. Il se leva, s'étira quelques secondes et enfila sa veste pour sortir. Après avoir fermé à clé, il retourna au Village Rest pour tester leur chili con carne. Malgré le froid qui piquait les joues, la journée était belle, mais Lewis avait l'esprit torturé par le manque de réussite dans son travail. Son instinct lui ordonnait de tout recommencer, mais l'échéance était bien trop proche pour prendre un tel risque.

Au restaurant, il n'eut pas l'humeur d'analyser ses voisins de table. Il repassa dans sa tête le plan de son roman, les personnages, l'intrigue sans trouver la solution à son problème. Sur le chemin qui le ramenait vers le cottage, Lewis éprouvait l'irrépressible envie de se faire un thermos de boisson chaude et de se remettre à l'ouvrage. Quand l'inspiration n'est pas au rendez-vous, reste l'acharnement.

Mais lorsqu'il rentra chez lui, une nouvelle odeur de café embaumait déjà la maison. Il referma la porte délicatement, bien décidé à arrêter l'intrus qui se jouait de lui. Il se dirigea vers le bougeoir laissé dans le salon et inspecta à nouveau chaque recoin. Lorsqu'il arriva à la cuisine, une créature poilue se faufila derrière un vase près de l'évier. Lewis se rapprocha en tenant toujours devant lui le bougeoir, et s'en servit pour déplacer doucement le vase. Ce qu'il découvrit ressemblait à une petite boule de poil de la taille d'un cochon d'Inde. La créature s'était recroquevillée sur elle-même et tremblait comme une feuille. Elle murmura : « Ne me tuez pas ! » Le cœur de Lewis fit un bon, sa main lâcha son arme de fortune et sa gorge laissa échapper un cri. Puis il recula, pris de panique.

La créature se tourna et se releva. Elle mesurait environ vingt centimètres de haut, était recouverte d'un pelage gris touffu et son regard reflétait un étrange mélange de naïveté et de sagesse.

— Je dois devenir fou ! cria Lewis en portant sa main droite à son front.
— Je suis un Brownie[16], un lutin de maison. J'étais au service de votre mère, jusqu'à...
La créature ne termina pas sa phrase.
— Mon Dieu ! répéta en boucle Lewis le visage blême.
— Je sais que votre mère n'est plus. J'en suis désolé. Elle était si gentille avec nous.

Lewis et le Brownie se regardèrent quelques instants en silence. Puis, Lewis se remémora son enfance à Luss. Malgré le fait qu'il n'avait aucun ami, il se souvenait s'être terriblement amusé dans cette maison, notamment avec deux petits chiens avec qui il partageait ses heures de jeux.
— J'avais deux chiens, Paddy et Dolly... dit-il à haute voix.
— Je suis Paddy. Vous vous souvenez de moi, maître !
La petite créature sauta de joie.
— Attends, j'ai dit que j'avais deux chiens !
— Oui, nous étions deux. Mon frère nous a quittés.
— Mais tu n'es pas un chien...
— La mémoire joue des tours quelquefois.
— Et Dolly ? Il est mort ?
— Pas vraiment... Ne souhaitant pas poursuivre, le Brownie se dirigea vers l'évier et se mit à laver une tasse avec une petite éponge. Puis il la sécha et la posa devant Lewis.

---

[16] Les Brownies sont des personnages du folklore écossais. Véritables génies domestiques, sympathiques et travailleurs, ils effectuent les tâches ménagères de la famille chez qui ils sont installés en échange d'un bon repas.

— Un café ?
— Heu... Oui.

Lewis prit la tasse et se servit en se demandant à quel moment cette vision fantastique allait disparaître.

— Est-ce toi qui as ouvert ma valise ?
— Oui, j'ai installé aussi votre ordinateur où cela me semblait le plus approprié. J'ai bien fait, n'est-ce pas ?
— Bien sûr... bredouilla l'illustre auteur.

Lewis s'éloigna du plan de travail un peu étourdi par ce qui lui arrivait. Il se dirigea vers le guéridon, alluma son ordinateur et comme il le pressentait, fut totalement incapable d'écrire une seule ligne. Il regarda Paddy s'affairer dans la maison avec un petit chiffon. Lewis resta une bonne heure à observer les faits et gestes de cette créature sortie d'un livre pour enfant. Oppressé par cette vision déroutante, il se leva en silence, prit son manteau et, sans un mot, sortit du cottage.

Il remonta la rue du Pier vers le lac, jusqu'à l'embarcadère. Il croisa des flâneurs, des vacanciers et comme lui, des solitaires fuyant ce qui les dérangeait chez eux. Le Loch Lomond était calme, aucune brise ne venait en troubler la surface qui reflétait comme un miroir les épais cumulus traînant dans le ciel. Lewis tenta de se souvenir de son enfance et des séjours dans leur maison avec sa mère.

Une phrase qu'elle prononçait toujours en ouvrant les valises lui revint en mémoire : « Ici au moins, quelqu'un s'occupe de nous. » En effet, le père de Lewis n'était pas du style à se préoccuper d'autre chose que de lui-même. Puis, il se rappela son premier cahier d'écriture. Il y consignait les histoires qu'il inventait, teintées de fantaisie et de magie. C'était un souvenir important pour lui. À l'âge adulte, il avait laissé de côté le fantastique pour se diriger vers le polar, plus vendeur au goût de son éditeur et de son agent qui empochait une belle partie de ses droits.

La nuit tombait déjà sur le lac lorsqu'il décida de rentrer. Sur le chemin du retour, ses pensées le ramenèrent vers le Brownie. Quand il franchit le seuil, il sentit une délicieuse odeur de potage, comme au temps de son enfance. Son cœur faillit flancher en découvrant Paddy s'affairer autour d'une cocotte fumante.

— Ton plat sent très bon, lança Lewis en quittant son manteau.

— Merci, maître ! Les Brownies d'à côté m'ont dépanné. Je leur rendrai la pareille à l'occasion. Donnez-moi un plat, s'il vous plaît.

Le Brownie se déplaçait avec une grande rapidité et, malgré sa petite taille, il réussit à lever la louche pleine de soupe et à servir sans rien renverser. Il versa également un peu de son potage dans une

gamelle en bois et partagea le pain avec son maître. Ils soupèrent sans dire un mot, jusqu'au moment où Paddy brisa le silence :
— Vous écrivez toujours à ce que je vois.
— Oui, j'en ai même fait mon métier. Mais je manque d'inspiration en ce moment. Je tourne en rond sans savoir où je vais avec mes personnages. J'ai du mal à me surprendre, alors le lecteur...
— Pourquoi ne pas mettre un peu de fantastique dans cette histoire de tueur en série ? osa Paddy sous le regard médusé de Lewis.
— Tu as lu mon manuscrit ?
— Il faut bien. Je suis là pour vous aider en toute occasion. Servir et aider, répondit Paddy d'un ton solennel.

Lewis finit son assiette. Cela faisait longtemps qu'il n'avait pas dégusté un plat aussi bon. Ce potage était un peu comme sa madeleine de Proust. C'est alors qu'une idée lui traversa l'esprit :— Veux-tu me donner un coup de main sur ce livre ?
— Avec plaisir !

Les yeux bleus de Paddy se mirent à briller. Ils s'installèrent à la table de travail, Paddy grimpa sur un tas de dossiers et de livres pour bien voir l'écran.
— Reprenons depuis le début et mettons un peu de fantastique dans tout ça ! lança Lewis qui sentait qu'il n'avait rien à perdre.

Lewis écrivit toute la nuit. Le Brownie lui prépara de nombreuses tasses de thé à la bergamote et le roman avança rapidement, comme si tout avait déjà été là, en transparence sous les phrases déconstruites et les personnages errants. Il fallait juste tirer les bonnes ficelles et Paddy lui donna les clés pour ouvrir les portes invisibles de son esprit. Quand le jour pointa ses premiers rayons sur le Loch Lomond, Lewis tapa le mot « fin ».

Il s'étira sur son siège. Son dos craqua à différents endroits. Paddy fit la même chose et ses poils se dressèrent légèrement sur sa tête. Lewis le regarda avec un sourire chaleureux et lui dit :
— Je ne sais pas si notre manuscrit survivra à une relecture après une bonne nuit de sommeil. Mais j'ai l'impression que je n'ai jamais écrit un livre aussi bon que celui-ci. Tu es un sacré script doctor[17], toi !
— Bien content d'avoir pu vous être utile.
— Tu as été comme une muse de poils, tu veux dire !
— Le réel abrite toujours la féerie, il suffit de savoir le regarder, déclara en frissonnant la petite créature.
— Tu as froid ? Attends, je vais te donner un de mes pulls, tu pourras dormir dedans.
— Oh, merci, maître !

Les yeux de Paddy brillèrent comme s'il s'apprêtait à fondre en larmes. Lewis, lui tendit son pull en laine et se revit, enfant, faire la même chose

---

[17] Terme emprunté à l'anglais, désigne dans le milieu audiovisuel une personne à laquelle on fait appel pour améliorer un scénario.

avec son petit chien Dolly. Le Brownie se roula dedans tout heureux et s'endormit aussitôt. Lewis sourit et alla se coucher, le cœur apaisé d'avoir terminé sa tâche avec tant de créativité. Il s'abandonna aux bras de Morphée tout le reste de la journée et s'éveilla au crépuscule, comme un oiseau nocturne. Il se leva avec la conviction que son nouveau roman allait marquer un tournant dans sa carrière. Il entendait déjà les critiques littéraires se répandre en compliments.

Quand il descendit, la maison ne sentait pas la bonne odeur de café qui l'avait accueilli depuis son arrivée. Il se dirigea vers la table de travail où il avait laissé Paddy la veille. Mais il eut la mauvaise surprise de ne pas retrouver la petite créature, ni son pull-over. Il le chercha dans tout le cottage, sans succès. Durant quelques instants, il eut peur d'avoir rêvé tout ce qui s'était passé. Il alluma son ordinateur et parcourut tout le premier chapitre de son roman : les modifications étaient toujours là. Il ouvrit une nouvelle fenêtre sur Internet et lança une recherche sur les Brownies. Après avoir écarté les recettes de desserts, il trouva de nombreux articles consacrés à ces créatures légendaires. Il fut notamment intéressé par cette phrase : « Les Brownies sont connus pour quitter le foyer de leurs maîtres si on leur offre des vêtements. Ce geste est le signe de leur affranchissement. »

Il comprit alors pourquoi Paddy le regardait avec tant d'émotion la veille. C'était certainement aussi ce qui avait dû se produire pour Dolly.

Lewis se leva le cœur lourd d'avoir perdu un ami si précieux. Il ouvrit les rideaux, contempla le crépuscule enflammer le ciel. Puis, son esprit s'égara un moment sur l'écran de son ordinateur qui affichait ce qui allait être l'œuvre majeure de sa vie. Lewis se mit à sourire avec tendresse avant de déclarer à haute voix, comme on s'adresse à un esprit : « Mon ami, tu as bien mérité ta liberté, je n'oublierai jamais ton aide et ta générosité. Merci ! »

OKAMI HIME

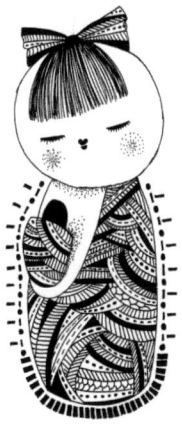

Au Japon, il est un mystère qui défie le temps et ouvre les portes d'un monde magique : celui des Kamis, les esprits de la nature. Voici la légende de la naissance d'un kami, telle qu'elle fut racontée de génération en génération jusqu'à nos jours.

Sur l'île de Yakushima, au cœur de la forêt de cèdres millénaires, vivaient Hotarū et sa grand-mère Junko. La Maison de la vieille femme était très loin du premier village de pêcheurs, quand elles descendaient des montagnes, les enfants se moquaient toujours d'elles en leur criant : « C'est la sorcière et son petit loup ! » Hotarū ne comprenait pas pourquoi ils disaient cela. Lorsqu'elle se regardait dans un miroir, c'était bien une petite fille qu'elle voyait et non un animal. Et puis, sur Yakushima, il n'y avait pas de

---

[18] Un kami est une divinité ou un esprit vénéré dans la religion shintoïste.

loups, seulement des cerfs et des singes.

 Junko prenait toujours les moqueries avec le sourire, elle disait : « Le vent peut bien souffler, la montagne ne bougera pas. » Les pêcheurs craignaient la vieille femme, car elle ressemblait effectivement à la sorcière Yama-Uba. Sa peau était ridée comme l'écorce d'un arbre et douce comme celle d'un bébé, ses cheveux jamais coiffés retombés hirsutes sur son visage. Junku passait ses journées dans la forêt, elle cueillait des plantes, des fruits sauvages et honorait les cèdres Sugi avec qui elle avait de longues conversations. Hotarū la suivait partout. Elle adorait s'amuser avec les jeunes biches et les petits insectes qu'elle attrapait dans les creux des souches abandonnées. Les Sugi millénaires étalaient leurs longues racines sur le rocher de granits pour s'y accrocher. Formant ainsi des ponts, des tunnels et des labyrinthes. Hotarū appréciait pardessus tout la mousse tendre et humide qui recouvrait les racines. Quand il faisait trop chaud, elle y frottait son visage pour se rafraîchir.

 Junku apprenait à Hotarū tout ce qu'elle savait, elle lui racontait les légendes de la forêt et celle des Sugi, mais un jour, elle décida qu'il fallait qu'Hotarū aille à l'école. Junko était au comble du bonheur de faire la route avec sa petite fille, mais cette dernière avait peur des autres enfants. En effet, ils ne l'aimaient guère et le lui faisaient sentir. Pendant les pauses, Hotarū restait seule dans son coin.

Hélas, arriva ce fameux jour où son monde chavira. C'était durant le temps de la récréation, Hotarū était assise sous un arbre et regardait les autres enfants jouer, quand trois jeunes garçons vinrent vers elle. Ils l'encerclèrent pour l'empêcher de s'enfuir.
- Alors, p'tit loup ! Dit le plus grand en lui lançant un regard menaçant.
- Ouais ! Tu n'as pas ta meute pour te défendre ? Dit le deuxième. Hotarū sentit son cœur s'affoler dans sa poitrine.
- Laissez-moi tranquille ! bredouilla-t-elle. Je ne suis pas un loup !
- Elle tremble comme une feuille ! Regardez, elle va peut-être nous mordre ? Les trois garçons éclatèrent de rire tout en la bousculant violemment.

Se sentant acculée, sans aucun moyen de s'enfuir. Hotarū éprouva une émotion puissante, qui montait en elle sans qu'elle puisse l'en empêcher. C'était comme un cri ou plutôt un rugissement effrayant qui explosa au fond de sa gorge et qui se répandit comme porté par le vent lui-même à des kilomètres à la ronde. Les garçons partirent aussitôt en hurlant de peur. Tous les enfants de la cour de récréation et les maîtresses regardèrent Hotarū avec crainte. Ils coururent se mettre à l'abri dans l'école.

Des hommes s'amenèrent avec des bâtons et Hotarū eut si peur qu'elle galopa vers la forêt, aussi vite qu'elle put. Ses jambes ne lui avaient jamais paru si fortes. Elle arriva à bout de souffle à la maison. Junko l'accueillit avec tendresse comme si elle s'était préparée à ce jour.
– Je ne sais pas ce qui s'est passé !
– J'ai entendu. Dit doucement Junko.
– Mais, grand-mère, je suis...
– Tu es un loup ma chérie ! Je suis désolée que tu l'apprennes comme ça. Junko la berça un moment dans ses bras, puis quand elle sentit qu'Hotarū avait retrouvé son calme, elle lui raconta :
« Il y a environ dix ans, il y a avait une terrible tempête de neige, un homme est venu taper à ma porte en pleine nuit. Il avait des cheveux presque blancs et portait dans ses bras un petit louveteau endormi. J'étais très étonnée de voir un loup sur Yakushima. Il n'y en avait jamais eu à ma connaissance. Cet homme se nommait Fubuki. Cette nuit-là, il me demanda de l'aide, car les villageois étaient entrés en guerre contre les esprits. Il devait se battre pour sauver les les grands cèdres que les hommes abattaient pour le commerce de bois de précieux. S'apercevant de mon incrédulité, il prit l'apparence d'un animal géant ! Un grand loup blanc comme la neige ! C'était un kami. Il me raconta que

tu étais son enfant. Dès cet instant, il voulut que je prenne soin de toi comme un être humain, jusqu'au jour où le loup se réveillerait en toi. Je fis la promesse. C'est à ce moment-là qu'il te changea en petite fille. Tu étais si belle ! Hotarū, n'en croyait pas un mot. Elle se toucha le visage, puis sa bouche et ses oreilles.
– Mais... Je suis une petite fille !
– Non, hélas, tu ressembles à une petite fille. Mais tes yeux sont sauvages, tu écoutes avec tous tes sens. Tu as toujours été plus proche des animaux que des autres enfants. Les hommes ne sont pas très malins, mais ils sentent très bien la différence.
– Toi, tu m'aimes ?
– Oui, de tout mon cœur ! Il faut que tu retrouves Fubuki ! Son territoire est accessible en traversant le Torii près du vieux Jōmon Sugi. Souviens-toi, je te l'ai montré un jour !

Des cris alertèrent Hotarū, ils provenaient du chemin qui menait chez Junko. La vieille femme se leva d'un bond, et l'obligea à sortir par-derrière. Elle l'embrassa tendrement en lui disant :
– Surtout, ne lutte pas contre ce que tu es ! Va et protège nos beaux sugis !

La petite fille s'engouffra dans la forêt compacte de cèdres et disparut. C'était l'après-midi, Hotarū courut tant qu'elle put, des larmes plein les yeux. La nuit tomba et elle commença grelotter. Elle n'avait jamais été seule dans la forêt en pleine nuit. Fatiguée, elle se cacha dans le tronc creux d'un vieux Sugi. Elle posa sa tête sur un lit de mousse tendre et elle s'endormit. Des lucioles vinrent la bercer et protéger son sommeil.

Au petit matin, elle fut réveillée par quelque chose de doux, qui lui chatouillait le visage. Quand elle ouvrit les yeux, elle vit la peau rose et fripée d'un singe qui la fixait d'un regard perçant. Junku, l'avait prévenue que les singes pouvaient être dangereux et Hotarū cria de peur. Le macaque se mit à hurler lui aussi et la frappa lourdement. D'autres sarus arrivèrent aussitôt et Hotarū s'enfuit dans la forêt. Elle courut en tenant son bras blessé par le coup qu'elle venait de recevoir. Ces derniers la poursuivirent par les arbres. Ils étaient bien plus rapides qu'elle.

Au loin, elle reconnut le vieux Jōmon Sugi et le Torii en bois dont lui avait parlé Junko. L'espoir lui donna de l'énergie. Elle redoubla d'efforts et malgré les pierres que lui lançaient les Sarus elle arriva au pied de l'arche en bois et se jeta à travers comme si une porte magique allait s'ouvrir devant elle. Mais, elle tomba lourdement au sol. Les singes se groupèrent devant le Torii et poussèrent des cris de frustration. Hotarū se rendit compte qu'ils n'osaient pas s'approcher. Un grand mâle, à l'épaisse fourrure

grise s'avança quand même pour défier Hotarū droit dans les yeux. La petite fille sentit quelque chose remonter le long de sa trachée, elle lutta pour l'en empêcher. Elle ne voulait pas et puis, elle repensa à Junku et se laissa aller. Un hurlement puissant résonna dans toute la forêt. Les macaques restèrent sans voix. Ils reculèrent et s'éparpillèrent dans les branches des cèdres. Hotarū se recroquevilla, fatiguée par sa fuite. Les bras chaleureux et tendre de Junko lui manquaient terriblement. Elle ferma les yeux quelques instants. Le silence n'était pas total, le chant des grenouilles, les oiseaux et puis tout à coup une respiration puissante vint envahir sa tête. Son cœur palpita. Elle ouvrit les yeux lentement et découvrit un grand loup au poil blanc comme la neige.
- Bienvenue. Dit-il.
- Fubuki ? Demanda aussitôt Hotarū en séchant ses larmes.
- Te voilà de retour chez toi...

Hotarū sentit en elle s'apaiser la peur et la tristesse. Elle prit conscience des vibrations de la terre sous elle, de l'eau ruisselant sur les rochers, elle entendit les battements d'ailes des oiseaux audessus de sa tête. C'est à ce moment qu'elle regarda ses pattes et sentit sa fourrure la réchauffer. Les odeurs de feuilles mortes et celle du grand loup qui se tenait devant elle lui devinrent familières et rassurantes. Elle avait le sentiment d'être chez elle pour la première fois. Ensemble, Fubuki et Hotarū poussèrent un hurlement puissant et chaleureux. Junku sut ainsi que sa petite fille était en sécurité. Son cœur se remplit de joie, l'île comptait un nouveau protecteur dans ses montagnes.

  C'est ainsi que l'on raconte l'apparition de la déesse-loup de l'île de Yakushima. Un kami très puissant, protecteur des sentiers, des forêts et des êtres perdus. Fubuki et Hotarū menèrent une lutte acharnée contre les bûcherons. Aujourd'hui, l'île est protégée par les dieux-loups et également par les hommes qui honorent ce sanctuaire sacré.

UN MERVEILLEUX TRÉSOR

Tom et Neil débarquèrent à Dublin la veille de la Saint-Patrick. Les deux amis préparaient ce voyage depuis plusieurs mois. Neil avait des origines irlandaises par sa mère et il avait promis à Tom de lui faire découvrir les beautés de son île. Évidemment, ils avaient surtout l'idée en tête de prendre du bon temps, profiter de la fête, boire de la Guinness et manger comme jamais.

Ils étaient inséparables depuis l'enfance. Neil était astucieux et plein de ressources, il avait planifié leur itinéraire pour presque rien, et Tom savait lire une carte et faire la fête comme personne. Il ne leur fallut qu'une petite heure d'avion et vingt minutes de bus pour atteindre le cœur de la capitale irlandaise.

— Kildare Street : c'est notre arrêt, lança Neil.

— C'est parti pour trois jours de folie, jubila Tom en se frottant les mains.

Un beau soleil printanier les accueillit. En descendant du bus, leur sac sur le dos, les deux amis sentirent que l'aventure serait au rendez-vous. Neil sortit de sa poche un papier contenant l'adresse de la personne qui avait accepté de leur offrir l'hospitalité grâce aux services de couchsurfing. Neil confia les coordonnées à Tom et se laissa diriger par son GPS humain.

Tom les guida rapidement vers l'adresse de leur hôte. Ils sonnèrent à l'interphone d'un certain Ronan Keating, le nom indiqué sur leur réservation. Quand le propriétaire ouvrit la porte, les deux amis rencontrèrent un trentenaire impeccablement vêtu d'un complet gris, rehaussé d'un nœud papillon jaune moutarde. Il avait les yeux pétillants de malice et des cheveux blond vénitien coupés courts, copieusement gominés. Ronan les détailla à son tour avec bienveillance, puis les invita à entrer. D'un pas rapide, ils remontèrent le hall et se retrouvèrent dans le salon. C'était un lieu très bien tenu, les meubles étaient modernes et semblaient aussi neufs que s'il venait de les acheter. Il leur fit signe de le suivre dans un nouveau couloir qui desservait plusieurs pièces, dont une chambre équipée de lits jumeaux et d'une grande bibliothèque abritant une collection de livres anciens.

Se tournant vers eux, il demanda :
— Cela vous convient ?
— Bien sûr, approuva immédiatement Neil.
— Alors voici la clé de la porte d'entrée.

Puis, Ronan changea brutalement l'expression de son visage en leur désignant du doigt une deuxième porte ornée d'un trèfle. D'une voix autoritaire, il leur dit :
— Une dernière chose, je vous interdis de rentrer dans cette pièce ! À part cela, je vous souhaite un bon séjour.

Il se retira dans le salon, saisit un attaché-case en cuir et sortit sous le regard médusé des deux amis.
— Eh bien ! Celui-là, il est pragmatique, remarqua Tom.
— De toute façon, on n'est pas venus ici pour bavarder ou fouiller chez lui, répondit Neil un peu vexé par l'attitude suspicieuse de leur hôte.
— C'est peut-être son magot qu'il cache dans cette pièce ? Tu as vu la classe de cet appartement ? renchérit Tom.

Ce dernier point intrigua Neil, car il venait d'une famille très modeste et l'argent avait toujours été un sujet délicat pour lui. Les deux amis défaisaient leurs affaires quand un son, en provenance de la pièce interdite, retint leur attention. Ils tendirent l'oreille et identifièrent le bruit régulier d'un marteau percutant

du fer. Neil chuchota à Tom :
— Il y a quelqu'un d'autre ici ?
— Bah ! Cela doit être une bestiole, s'amusa Tom. Et si on allait faire la fête ? C'est la Saint-Patrick, today ! lança-t-il joyeusement.

Neil approuva et ils sortirent de l'appartement, prêts à festoyer. Sur le chemin, ils constatèrent que toute la ville était parée de vert émeraude. Des lunettes en forme de trèfle, des perruques, des chapeaux, tout le monde portait la marque du drapeau irlandais. Les deux Frenchies trouvèrent vite une boutique pour se mettre au diapason : un haut-de-forme de Leprechaun[19] pourvu d'une belle barbe rousse pour Neil et un couvre-chef en forme de tonneau de bière pour Tom.

La Saint-Patrick battait déjà son plein. Un peu partout dans la ville des groupes de fêtards bien éméchés prenaient des selfies. Les pubs rivalisaient de musique et les tonneaux de bière coulaient à flots. À Dublin ce soir-là, il n'y avait plus qu'une seule nation faisant la fête. Après quelques pintes de Guinness, Tom et Neil étaient en transe. De bar en bar, de bras en bras, ils dansèrent et chantèrent à n'en plus pouvoir.

Tom avait tendance à ne pas connaître de limites. Et lorsqu'il s'effondra de tout son long sur le trottoir, Neil sut qu'il était temps pour eux de rentrer.

---

19 Le Leprechaun est une créature du folklore irlandais. Il est souvent représenté sous l'apparence d'un vieil homme de petite taille avec une barbe, coiffé d'un chapeau et vêtu de rouge ou de vert.

Il hissa son ami sur son dos et le transporta jusqu'à un parc à l'écart de la foule. Il l'installa sur un banc et s'assit à côté de lui en attendant qu'il aille un peu mieux. Neil ôta son déguisement et écouta Tom ronfler bruyamment à ses côtés. Épuisé, il s'endormit aussi.

La fraîcheur matinale réveilla Neil. Il secoua vigoureusement Tom qui ouvrit les yeux en grognant. Sans un mot, ils se mirent en route vers l'appartement. Ils arrivèrent à l'aube et se couchèrent aussitôt. Neil émergea parfaitement d'aplomb aux alentours de midi. Il constata avec plaisir que Ronan avait dressé la table pour le petit-déjeuner : toasts, confiture et bacon frit. Leur hôte avait également laissé un mot : « Je serai de retour en début d'après-midi. Bonne journée. Ronan. »

Neil n'attendit pas le réveil de Tom pour se servir ; il mangea copieusement en parcourant les notifications sur son smartphone. Tout à coup, de nouveaux coups de marteau se firent entendre. Ils le perturbèrent suffisamment pour qu'il délaisse son téléphone et se dirige sans hésiter jusqu'à la porte de la pièce interdite. D'un naturel curieux, Neil saisit la poignée et tenta de l'ouvrir, mais celle-ci était fermée à clef. Encore plus intrigué, l'astucieux qu'il était ne se laissa pas décourager ; il sortit son portefeuille où il gardait toujours deux trombones. Il les déplia et commença à crocheter la serrure. Quand il sentit cette dernière céder, un léger frisson parcourut sa nuque.

La pièce était faiblement éclairée par une très petite fenêtre. Neil aperçut plusieurs tables en bois, des étagères chargées de bocaux et d'outils bizarres. Puis, sur un établi recouvert de tissus colorés, il repéra de nombreuses chaussures miniatures posées sur du velours noir. Il se rapprocha pour les regarder de plus près. Les détails étaient d'une impressionnante minutie : des perles, des fleurs en feuille d'or, de la dentelle et des talons en cristal. Il remarqua également une chose étrange, il manquait toujours une chaussure pour faire une paire.

C'est alors que quelque chose bougea derrière un pot de perles. Neil se rapprocha et manqua de tomber à la renverse en découvrant une créature ne mesurant pas plus de trente centimètres, pourvue d'une épaisse barbe rousse et habillée d'un costume vert émeraude. Le cœur du jeune homme battait si fort dans sa poitrine qu'il en eut un léger vertige. La créature, stupéfaite elle aussi par cette rencontre inattendue, resta figée sur place tout en jetant des coups d'œil un peu partout pour trouver une issue de secours.

Sans réfléchir, Neil referma sa main sur le bras de la créature.

— Tu... tu es quoi ? demanda maladroitement Neil, la

voix éreintée par sa nuit de fête.
— Laissez-moi partir ! hurla la créature apeurée.
— Réponds à ma question, insista Neil en resserrant son emprise.
— Tu sais très bien ce que je suis ! Un Leprechaun, je fabrique des souliers pour les fées. Neil resta quelques instants sous le choc de cette réponse, avant de poursuivre :
— Si tu es un Leprechaun, dis-moi où tu caches ton trésor, reprit Neil d'un ton ferme.
— Vous les humains, vous n'avez que ça en tête : l'or. C'est d'un triste ! Ronan, lui, a bien compris que ma valeur va bien au-delà de ça !
 C'est alors que Neil entendit quelqu'un ouvrir la porte d'entrée. Comprenant que cela devait être leur hôte qui rentrait, il se faufila dans sa chambre avec la créature dans les bras. Sans réveiller Tom, il la fourra de force dans son sac à dos et se dirigea rapidement vers le hall d'entrée. Ronan se servait du thé dans la cuisine. Il salua Neil et lui souhaita une bonne journée, sans se douter de rien. Neil esquissa un sourire un peu figé et sortit. Une fois dehors, il se mit à courir comme si tous les diables d'Irlande étaient à sa poursuite. Quand il fut suffisamment loin, il ralentit sa foulée et tenta de reprendre son souffle. Dans un parc, un banc à l'abri des regards attira son attention. il s'y assit et entrouvrit son sac à dos pour

observer le Leprechaun. Celui-ci défroissait ses vêtements, le regard sombre.

— Seriez-vous complètement fou, jeune homme ? cria la créature, fâchée d'avoir été bousculée de la sorte.

— Je sais que vous pouvez me donner l'emplacement de votre trésor ! Parlez et je vous rendrai votre liberté, déclara Neil sans ménagement.

— Encore cette histoire d'or ?

— Ma mère m'a raconté pas mal d'histoires sur vous. Apparemment vous êtes très intelligents, mais vous ne mentez jamais en ce qui concerne votre trésor.

— Eh bien, si votre maman vous a tout dit, soupira le Leprechaun en caressant sa barbe lentement. Elle vous a sûrement appris aussi que nous tenons toujours nos promesses, n'est-ce pas ?

— Alors promettez-moi de me montrer votre magot !

— Je vous le promets, si de votre côté vous me jurez de me libérer.

— D'accord !

— Pour sceller nos promesses respectives, voici déjà une pièce d'or. Neil la saisit aussitôt. Il n'avait jamais rien vu de tel. Il la rangea soigneusement dans l'une des poches de son jean.

— Et le reste ?

— Il se trouve au pied d'un des grands hêtres de Dark Hedges. Je vous conseille de prendre un taxi, ce n'est pas tout près, dit-il en souriant malicieusement.

— Très bien. Allons-y !

Quand Neil donna l'adresse au chauffeur de taxi, ce dernier lui annonça deux heures trente de route. Neil savait que le reste de ses économies allait y passer, mais la promesse d'une montagne d'or s'offrait à lui. Durant le voyage, il laissa son esprit se perdre dans le paysage et se demanda si toute cette histoire était bel et bien réelle. Il eut aussi une pensée pour Tom, resté à l'appartement, et pour Ronan. Il imagina la colère de ce dernier lorsqu'il découvrirait sa désobéissance et la disparition du Leprechaun.

Parvenu à Dark Hedges, Neil fut ébloui par l'allée d'arbres qui s'ouvrait devant lui. Les hêtres devant lui créaient un tunnel de branches entrelacées d'une beauté extraordinaire. Il vérifia qu'il était bien seul avant de faire sortir le Leprechaun de son sac. Sans attendre, Neil l'interrogea à nouveau :

— Sous quel arbre avez-vous caché le trésor ?
— Patience, mon ami ! Posez-moi par terre et je vous montrerai.
— Mais bien sûr. Malin comme vous êtes, je ne vais pas vous libérer comme ça !
— D'accord, alors avancez dans l'allée et je vous dirai où est mon merveilleux trésor.

Neil longea la route en détaillant chaque arbre. Quand ils furent à peu près au milieu, le Leprechaun l'arrêta :

— Nous tenons toujours parole. Vous trouverez mon trésor au pied de cet arbre.

Neil remarqua que la terre avait été retournée au pied du tronc, il relâcha sa prise sur le corps du Leprechaun et le posa au sol. La créature lissa sa barbe et regarda d'un œil malicieux le jeune homme.
— Alors ? Vous ne voulez pas de mon trésor ?

Neil se mit à genoux et creusa avec ses mains. Après plusieurs minutes de fouille ses doigts lui faisaient horriblement mal, mais il finit par toucher quelque chose de dur. Il creusa de plus belle et déterra l'objet. C'était un coffret en bois finement sculpté. Le couvercle dissimulait un ensemble de tiroirs. Chaque fois qu'il en ouvrait un, Neil découvrait une chaussure à la pointure d'une poupée : des bottines en pétales de fleurs, des escarpins cousus de fil doré et de sequins fragiles. Chaque modèle était en un seul exemplaire, comme ceux de l'atelier chez Ronan. Et aucune pièce d'or. La colère s'empara de Neil. Il se retourna vers le Leprechaun en criant :
— Menteur !

Mais ce dernier avait déjà disparu.

Le jeune homme jura rageusement, mais se rappela la pièce d'or, celle qui avait scellé la promesse du Leprechaun. Il la sortit, mais dès que le soleil se refléta sur elle, elle se transforma en un vulgaire caillou. Neil regarda le ciel au-dessus de lui et sourit.

— Évidemment !

En regardant les minuscules chaussures plus attentivement, il comprit qu'elles avaient certainement plus de valeur que ce qu'il pensait. Aussi, il plaça le coffre dans son sac à dos et remonta l'allée d'arbres. Sans argent, il ne lui restait plus qu'à tenter de faire du stop pour rentrer à Dublin. Tout à coup, son téléphone vibra. C'était un message de Ronan. « Cher Neil, j'espère que tu as réussi à trouver le trésor de notre ami commun, car dans le cas contraire, tu viens de perdre ton meilleur ami. Ronan.» Le cerveau de Neil ne fit qu'un tour, Ronan avait découvert qu'il avait enlevé le Leprechaun et menaçait de s'en prendre à Tom en représailles. Affolé, il se mit à courir. Il arriva à Gracehill House, un club de golf situé non loin de Dark Hedges, où des golfeurs acceptèrent de le déposer au centre-ville de Dublin. Il courut le cœur battant jusqu'à l'appartement, grimpa les escaliers deux par deux et ouvrit la porte violemment. Dans le salon, Ronan et Tom étaient en train de jouer aux échecs. Tom ne semblait se douter de rien, car il ne leva pas les yeux du plateau.
— Ben alors, où étais-tu passé ?
— Je... je découvrais les trésors de l'Irlande, répondit Neil, soulagé, en s'asseyant à côté de son ami.
— Sacré Neil ! Bon, aide-moi à jouer, Ronan est trop

fort pour moi.

— Ce que tu as trouvé est à la hauteur de tes espérances ? questionna Ronan.

— Pas vraiment. Leur hôte gagna la partie et Tom les abandonna pour passer un coup de téléphone. Ronan invita alors Neil à le suivre dans la chambre interdite. Lorsqu'il referma la porte derrière lui, son visage changea d'expression.

— Montre-moi ! Neil, gêné, sortit de son sac le coffre contenant les chaussures de fées. Ronan s'en empara et prit une loupe dans un tiroir. Comme un bijoutier aguerri, il inspecta les escarpins tout en expliquant :

— Elles sont réalisées par paires, mais ce coquin de Leprechaun en faisait toujours disparaître une pour que je ne puisse pas les vendre. Il va me manquer, ce vieux renard ! Je n'ai jamais réussi à lui faire avouer le lieu où il cachait son trésor. Mais grâce à toi, j'ai enfin des paires complètes.

— Et qu'est-ce que j'y gagne, moi ? demanda timidement le jeune homme.

— Toi, tu obtiens ta liberté et celle de ton ami, lui répondit Ronan en ouvrant la veste de son costume, laissant apparaître une arme semi-automatique logée dans un holster.

Neil recula et n'osa plus poser de question. Tout son corps était parcouru de frissons. Il regarda Ronan mettre les précieuses chaussures dans un coffre-

fort au fond de la pièce. Ronan revint vers lui et dit :
— Ne t'en fais pas ! On peut fermer les portes à clef, bâtir des murs, rien ne retient bien longtemps un Leprechaun. Le plus important, c'est de garder un peu de sa magie. Grâce à toi, j'ai en ma possession un véritable trésor. Des gens très riches convoitent les objets de ce type. Aussi, jusqu'à votre départ, considérez que vous êtes mes hôtes privilégiés !

Ronan posa une main sur l'épaule de Neil et l'invita à ressortir de la pièce. Une fois dans le salon, il lui tendit cinq beaux billets de cent euros.
— Pour le dérangement. Par contre, je te conseille d'oublier tout ce que tu as vu ici et de ne jamais en parler à personne.

Neil hocha la tête et ils scellèrent ainsi un pacte de secret mutuel.

La fin de séjour de Tom et Neil se déroula comme il avait commencé. Ils firent la fête, burent beaucoup de Guinness et dansèrent au rythme des cornemuses et des guitares électriques. Et lorsque leur avion décolla pour Paris, Neil lâcha un soupir de soulagement en pensant à Ronan et à son arme. En traversant les épais cumulus qui les ramenaient vers le bitume d'Orly, il ne put s'empêcher de remonter en songe l'allée de grands hêtres de Dark Hedges et de réfléchir déjà à son prochain voyage au pays des Leprechauns, car il savait à présent de quelle façon

LE RÉVEIL DU MONSTRE

La famille Babineau vivait à Saint-Jean, la plus grande ville du Nouveau-Brunswick. Leur maison était située près du parc de Rockwood, une étendue de nature de plus de huit cents hectares plongeant dans la baie de Fundy. Jean et Maggie s'étaient mariés très jeunes et de leur union était née Yolande, qui venait tout juste de souffler sa sixième bougie. Le week-end, Jean pratiquait la course à pied avec son ami Harvey, pendant que leurs compagnes se promenaient avec leurs filles. Leur vie était en apparence agréable, comme tous ceux qui savent se réjouir des choses simples.

Un dimanche, Maggie et son amie Betty suivirent un sentier qui longeait une paroi rocheuse, très appréciée des enfants. Les fillettes imaginaient de fantastiques aventures de pirates et de chasse au trésor pendant que leurs mères discutaient des préparatifs pour le réveillon de fin d'année. Elles furent tirées de leur insouciance quand Cyrielle, la fille de Betty, revint en larmes.

Elle sanglotait tout en balbutiant :
— Je ne trouve pas Yolande ! Le cœur de Maggie faillit s'arrêter en entendant ces mots.
— Où est-elle ?
— Je ne sais pas... on jouait près des cailloux et elle a disparu...

Elle désigna du doigt un surplomb rocheux que les enfants aimaient escalader. Maggie courut vers les rochers et appela Yolande durant de longues minutes, sans résultat. Betty envoya un message aux pères pour qu'ils les rejoignent au plus vite. À leur arrivée, la petite fille était toujours introuvable. Les recherches battaient leur plein, quand tout à coup, Yolande sortit d'une crevasse où personne n'avait encore regardé. Maggie se jeta littéralement sur elle et la serra si fort que la petite pouvait à peine parler. Jean aussi vint les prendre dans ses bras, sous le regard soulagé de leurs amis. Lorsqu'il relâcha son étreinte, Maggie se mit en colère contre Yolande.
— Pourquoi tu ne répondais pas à nos appels ?
— On jouait à cache-cache et je voulais gagner, dit tout doucement Yolande.

— Tu nous as fait peur, tu sais... J'ai cru que...
— Pardon maman...
La petite fille fondit en larmes.
— Rentrons. De toute façon, il est presque seize heures et le soleil va bientôt se coucher, annonça Jean en caressant doucement le dos de sa femme.
Après avoir couché Yolande, Maggie s'effondra sur le canapé. Pour lui remonter le moral, Jean ouvrit une bouteille et lui servit un verre de Vidal blanc.
— Tu es encore sous le choc on dirait ? Je suis sûr qu'elle s'en veut beaucoup de nous avoir fait si peur.
— Je sais, mais je n'arrête pas de me dire qu'elle aurait pu se faire enlever !
— C'est la pire chose qui pourrait arriver à des parents. Mais nous l'avons retrouvée. Maggie fondit en larmes. Jean n'avait jamais vu sa femme dans un tel état. Il s'approcha d'elle et la prit dans ses bras. Quand elle fut un peu calmée, elle expliqua :
— Cela me rappelle le Bonhomme Sept Heures[20].
— Le croque-mitaine qu'on appelle pour faire rentrer les enfants qui jouent tard le soir ? Ma grandmère l'invoquait souvent quand je n'étais pas sage. Et je dois avouer que je ne l'étais pas très souvent ! s'amusa Jean qui constata que Maggie était toujours bouleversée.
— Oui, moi aussi. Mais un soir, un de mes camarades de classe a disparu... On ne l'a jamais retrouvé. J'étais dehors moi aussi ce soir-là. Je jouais avec mon chien.

---

[20] Le Bonhomme Sept Heures est un être maléfique de la culture acadienne au Canada, que l'on peut comparer au croque-mitaine.

J'ai vu passer un homme habillé de noir. Je l'ai tout de suite trouvé bizarre. Il portait sur son dos un grand sac de jute. Il a dû voir que je l'observais car il s'est avancé vers moi. J'étais tétanisée de peur ! Sans dire un mot, il m'a attrapée par l'épaule. J'ai ressenti à travers mes vêtements un froid intense qui m'a paralysé tout le bras. C'était si douloureux que j'ai crié. Mon chien est venu en aboyant et j'ai réussi à m'échapper ! J'ai couru sans me retourner vers la maison.

— Tu veux dire que tu as failli te faire enlever ?
— Oui. C'est mon chien qui m'a sauvé la vie.

Maggie se leva et se dirigea vers la cheminée avant de poursuivre.

— Mon épaule est restée douloureuse pendant de nombreuses semaines. Ma mère m'a emmenée chez un docteur, puis chez un kinésithérapeute, mais ils n'ont rien trouvé de médical. Alors on m'a conduite chez une vieille taoueille[21] qui m'a frictionné l'épaule avec une mixture à base de plantes. Ça a fonctionné, mais j'ai gardé une certaine raideur. J'ai fait aussi beaucoup de cauchemars et puis un jour je n'y ai plus pensé. Je souffre toujours d'insomnies, tu le sais, c'est pour ça que je prends des somnifères.

Jean la serra encore contre lui et ils se couchèrent tous les deux, le cœur lourd. Maggie ne put s'empêcher de prendre une double dose de

---

[21] Une taoueille est un personnage du folklore acadien. Le terme désigne une sorcière dotée de pouvoirs magiques, pouvant jeter de mauvais sorts et guérir les malades grâce à ses connaissances des plantes médicinales.

médicaments pour être sûre de s'endormir rapidement.

Le lendemain, elle se réveilla légèrement engourdie. Aussitôt, l'ombre de son passé sortit du sommeil avec elle. Comme tous les matins, elle prépara les céréales de sa fille et alluma la radio. Hélas pour elle, les actualités ne lui laissèrent pas de trêve. Un petit garçon avait été porté disparu dans le parc de Rockwood. En écoutant les détails de l'affaire, les parents éplorés, la description des vêtements de l'enfant, Maggie se sentit transportée dans le temps, vers ce passé cruel qui la hantait toujours. L'angoisse lui tordit l'estomac. Elle courut aux toilettes pour vomir son petit-déjeuner. Quand elle revint, Jean s'était levé lui aussi et suivait attentivement les informations.

— Tu as entendu ? demanda Maggie, blanche comme un linge.

— Oui, c'est fou, on était dans le parc à la même heure en train de chercher Yolande !

— On a eu de la chance, confirma-t-elle en caressant les cheveux de la petite fille un peu perdue par l'inquiétude de ses parents.

— Ils demandent de l'aide pour ratisser le parc, et si on y allait ? dit Jean.

Ils déposèrent Yolande chez leurs amis, puis se mêlèrent aux nombreuses personnes venues aider les recherches. Un policier prit leur nom, leur numéro de téléphone et leur indiqua une femme qui attendait, seule. C'était une dame d'un certain âge qui portait ses longs cheveux gris argenté tressés, comme le font les descendantes du peuple Mi'kmaq, les Américains natifs originaires du Nouveau-Brunswick.

— Je m'appelle Kateri, dit-elle, un sourire bienveillant aux lèvres.

— Enchantée, répondit Maggie qui trouvait que cette dame ressemblait étrangement à la taoueille qui l'avait soignée quand elle était enfant.

— Je pense que nous devrions nous diriger vers les cavernes de Stonehammer. Qu'en pensez-vous ? demanda Jean qui avait déplié une carte du parc.

— C'est en effet un endroit isolé où l'on peut facilement se cacher, approuva Kateri.

Le trio se dirigea donc vers les falaises. Maggie avait le cœur qui battait de plus en plus vite. Se trouver sur les traces d'un enfant perdu ou kidnappé n'était pas pour la rassurer. La vieille femme, qui semblait lire dans ses pensées, la rattrapa et lui murmura tout bas :

— On ne peut réveiller quelqu'un qui fait semblant de dormir[22].

— Pourquoi me dites-vous ça ? s'inquiéta Maggie.

— Tu le comprendras plus tard, lui répondit Kateri sur un ton mystérieux.

---

[22] Proverbe Navajo.

Après une longue marche, ils parvinrent devant une grotte. Jean alluma une lampe torche et ouvrit la voie. La vieille femme se tint en retrait.
— Je reste ici, annonça-t-elle, devant l'entrée de la grotte. Jean regarda Maggie et lui demanda :
— Tu veux rester avec elle ?
— Non, je préfère qu'on y aille ensemble.
Jean prit la main de Maggie et ils pénétrèrent dans ce lieu froid et humide.
Après plusieurs minutes de marche, un bruit derrière eux alerta Maggie. Elle se retourna croyant à l'arrivée de Kateri, mais ce qu'elle vit la tétanisa. Dans l'obscurité se tenait un homme de grande taille, habillé d'un long manteau noir et coiffé d'un chapeau à larges bords qui lui masquait le haut du visage. Maggie hurla de peur et se jeta dans les bras de Jean qui en perdit sa lampe torche. En tombant, le faisceau lumineux lança des milliers d'ombres sur les parois de la grotte.
— Calme-toi Maggie ! Calme-toi !
— Il est là ! Tu ne le vois pas ?
— Qui ?
— Le Bonhomme Sept Heures !
— Qu'est-ce que tu racontes ?
C'est alors qu'une voix lugubre et rauque prit la parole et s'adressa à Maggie :
— Tu as toujours mal, n'est-ce pas ? Mon poison est

difficile à vaincre. Dès que je touche les gens, leurs membres sont paralysés et je peux les emporter dans les ténèbres.

La créature s'avança jusqu'à se trouver dans le halo de la lampe restée au sol. Jean découvrit également l'apparence monstrueuse du démon nocturne. Se tenant toujours par la main, le couple se mit à courir. Le Bonhomme Sept Heures les poursuivit en hurlant :
— Tu m'as échappé dans le passé, mais je termine toujours ce que je commence !

La créature cauchemardesque attrapa le bras de Jean. Ce dernier hurla de douleur et tomba par terre en lâchant la main de Maggie qui continua sa course sans se retourner. Elle courut jusqu'à ce que les parois de la caverne soient trop étroites pour lui permettre de rester debout. À quatre pattes, ses mains et ses genoux s'écorchèrent contre les rochers. Elle n'avait plus aucun moyen de fuir. Le Bonhomme Sept Heures s'avança vers elle, le regard étincelant et victorieux.
— Laissez-moi, hurla Maggie en sanglotant. Ma fille a besoin de moi !
— Les mères se croient toujours indispensables, mais elles se trompent !
— Yolande a besoin de ses parents, sinon elle deviendra un fantôme. Comme vous !
— Comme toi, tu veux dire. Tu as peur de tout, tu vis

dans un cauchemar éveillé, depuis cette fameuse nuit où nos routes se sont croisées !

Le regard du Bonhomme Sept Heures devint plus lugubre, ses mains se firent plus longues et pointues. Une forte odeur de mort se répandit dans toute la grotte. Malgré la nausée qui l'envahissait, Maggie sentit tout son corps trembler, mais l'image de Yolande la réchauffa et la poussa à trouver le courage de se défendre. Elle fouilla le sol dans l'obscurité et saisit un caillou suffisamment grand pour en faire une arme. Le monstre se rapprocha encore d'elle, son haleine putride vint lui chatouiller les narines. Il se racla la gorge et hurla d'une voix sinistre.

— Rappelle-toi Maggie : on ne peut réveiller quelqu'un qui fait semblant de dormir.

Maggie ferma les yeux, se jeta sur le monstre et frappa de toutes ses forces. La pierre s'écrasa contre son corps. Le silence l'enveloppa, elle ne sentit plus l'odeur insoutenable, ni l'humidité de la grotte, ni même la pierre lui écorchant les doigts. Le froid se déposa sur sa peau, elle trembla sans réussir à s'arrêter. Une douleur insondable s'empara d'elle, mais au fond de cette souffrance, un souvenir bienveillant remonta.

Un sentiment minuscule, presque imperceptible, un petit point lumineux et doux que Maggie identifia aussitôt : c'était la toute première fois qu'elle avait vu son bébé. Elle se remémora ensuite la

douceur de sa main, son regard si innocent et l'immense bonheur qui l'avait submergée. Elle se rappela les bras de Jean et son odeur, si rassurants, qui l'empêchaient si souvent de sombrer. La chaleur s'insinuait dans son corps alors qu'elle entendit une toute petite voix sangloter près d'elle, et la reconnut aussitôt :
— Maman ! J'ai fait un cauchemar...
Maggie ouvrit les yeux, Yolande était debout à côté de son lit. Jean dormait à ses côtés d'un sommeil profond et calme. Maggie enlaça sa fillette et la coucha près d'elle.
— Ne t'en fais pas mon cœur, tu es en sécurité.
Elle ne savait plus très bien où était la frontière entre le rêve et la réalité, mais le corps de Yolande contre le sien la rassura et elles se rendormirent toutes les deux.

Au matin, Maggie se leva la première, un peu perturbée par l'étrange cauchemar qui l'avait emportée si loin et si profondément dans sa mémoire. Elle se prépara un thé et elle contempla le jour se lever à l'horizon. Son mauvais rêve paraissait si réel qu'elle se demanda à quel moment il avait débuté. Les paroles de la vieille taoueille l'avaient aidée dans ce combat intérieur. Durant toutes ces années, Maggie le savait, elle avait fait semblant d'oublier. Mais l'enlèvement de son ami l'avait hanté jour et nuit dans les endroits les plus reculés de sa psyché. À présent, elle ne ferait plus semblant de dormir.

ARC-EN-CIEL

Pierre vivait depuis plus de trois ans en Australie. L'île-continent l'avait toujours fasciné et le temps du rêve[23] avait fini de le conquérir pendant ses études d'art à Paris. Aussi, quand il avait reçu l'héritage de ses grands-parents, n'avait-il pas hésité à tout laisser derrière lui pour s'expatrier là-bas. Il nourrissait le projet d'ouvrir sa propre galerie d'art aborigène et avait choisi Alice Springs pour y installer son affaire. Cette grande ville, la troisième d'Australie, se trouvait dans l'Outback, au cœur de l'île.

Sa première année, Pierre l'avait passée à démarcher les artistes afin de se construire un catalogue. Hélas, sans succès ; la concurrence était forte et les bons peintres déjà tous sous contrat. Ce n'est qu'au début de la deuxième année qu'une jeune

---

23 Le temps du rêve (Tjukurrpa en langue anangu) explique les origines de l'Australie et de ses habitants dans la culture aborigène.

femme aborigène poussa la porte de son bureau. Elle désirait lui proposer le travail de sa grand-mère, Abie Kemari, une peintre très connue qui souhaitait changer de galerie. Pierre accepta sans réserve de prendre son travail dans son catalogue. L'ensemble de son œuvre était essentiellement dans le style Bush Leaf Dreaming, des peintures évoquant les feuilles des plantes médicinales du bush, représentées dans un mouvement de régénération permanente. Pierre fut conquis par le talent d'Abie mais aussi par la beauté envoûtante de sa petite-fille, Kaeli, par ses cheveux châtain clair, presque blonds à certains endroits, qui ressortaient sur sa peau sombre. Il se rendit très souvent chez l'artiste pour la regarder travailler à même le sol avec des teintures composées d'argile. Il pouvait l'observer pendant des heures, elle semblait guidée par les voix de milliers d'ancêtres qui avaient réalisé les mêmes gestes et arpenté les mêmes sentiers du temps du rêve pour nous en offrir une image.

Kaeli était la digne héritière de cette tradition car elle étudiait la médecine chamanique et les plantes médicinales du Bush. Pierre et Kaeli tombèrent rapidement amoureux et devinrent inséparables.

Comme on peut s'y attendre, le couple ne fit pas l'unanimité, ni chez les Blancs, ni au sein de la communauté aborigène. Mais leur pire ennemi fut sans conteste un chaman du nom d'Ehren à qui Kaeli était promise depuis qu'elle était jeune. Leurs familles respectives eurent beaucoup de mal à rompre ce lien.

Kaeli appartenait aux aborigènes Anangu, installés dans le désert au pied d'Uluru, un rocher en grès orange qui culmine à plus de trois cents mètres d'altitude au cœur de l'Outback. Plongé dans cet univers où le rêve est au centre de la vie, Pierre crut quelquefois perdre pied. Heureusement, la jeune femme était une guide formidable. Elle lui apprit à comprendre ses songes comme un dialogue avec les divinités, leurs ancêtres et la nature. Avec elle, à ses côtés, il fut plus facile pour Pierre de convaincre d'autres artistes de lui faire confiance. Très vite, sa galerie acquit une belle notoriété en Australie, comme en Europe. Pierre revenait régulièrement à Paris pour voir sa famille et un ami galeriste qui travaillait comme lui à la diffusion de l'art aborigène. Une nuit, la veille de l'un de ses déplacements en Europe, il fit de nombreux cauchemars qui le conduisaient inlassablement au sommet d'Uluru, où il devait combattre un monstre informe et menaçant. Au matin, il se réveilla en sursaut alors que la créature avait réussi à le rattraper. Kaeli le prit dans ses bras pour le rassurer :

— Le rêve ne veut pas que tu partes Pierre. Tu as quelque chose à accomplir ici.

— Écoute, Kaeli, le rêve guide ta vie, pas la mienne. Il

faut que tu respectes ça. En plus, je dois rencontrer des acheteurs de New York. C'est important pour moi.
— Décris-moi ce monstre.
— C'était une créature hideuse, recouverte de poils avec des pattes palmées et la bouche pleine de dents... Bref, un monstre de film d'horreur. Je n'ai rien vu de tel dans vos peintures.
— Je le connais. C'est un être qui vit dans les profondeurs de la terre, près des rivières. On l'appelle le Bunyip[24].
— Non, ce n'est pas ça. J'étais au sommet d'Uluru !
— Il y a une source d'eau qui coule sous le rocher... Le Bunyip est aux ordres d'un chaman. Quelqu'un a dû lui donner ton nom pour qu'il t'arrive malheur.

Pierre regarda Kaeli, légèrement ébranlé. Puis, il se leva, sans un mot et alla faire sa toilette. La jeune femme l'observa se préparer, mais lorsqu'il prit sa valise pour partir, elle brisa le silence :
— Tu ne dois pas partir !
— Il le faut, mon avion pour Sydney est dans une heure. Je reviendrai, ne t'en fais pas.

Il embrassa Kaeli et partit pour l'aéroport.

Après son départ, la jeune femme consulta sa grandmère au sujet du rêve de Pierre. La conclusion de celle-ci fut la même que la sienne.
— Écoute ma fille, la tempête gronde au-dessus de ta

---

[24] Le Bunyip est une créature légendaire d'Australie.

tête, elle est proche et fourchue d'éclairs. Attention à ce qui enrage dans l'ombre. Tu ne dois rien faire. Ehren n'a pas renoncé à votre mariage.
— Ce n'est pas si simple... J'aime Pierre.

À Paris, les tractations avec les New-yorkais se révélèrent ardues. Défendre les droits et les intérêts des artistes qu'il représentait n'avait jamais été aussi difficile pour Pierre. Il préféra d'ailleurs ne signer aucun contrat. Durant son séjour, il ne prit pas de nouvelles de Kaeli. Il savait qu'il lui faisait sans doute de la peine, mais il désirait se protéger des interactions du rêve. Parfois, la culture aborigène pesait lourd sur ses émotions.

Dans l'avion le ramenant vers l'Australie, Pierre tenta de ne pas s'endormir, mais sans succès. À nouveau, le Bunyip l'attendait au sommet d'Uluru, prêt à l'affronter. Cette fois, il osa regarder la créature en face ; ses yeux étaient fous de rage. Derrière elle, Pierre remarqua un corps gisant sur le sol, il était recouvert de peinture blanche et la chevelure châtain clair aux reflets dorés lui rappela ceux de Kaeli. La créature avança vers lui en hurlant. Mais, Pierre n'entendait plus rien, il esquiva le monstre et fonça vers le corps, le retourna et reconnut sa bien-aimée. Il posa une main sur son cou pour sentir les battements de son cœur, mais ne perçut aucune pulsation. Le Bunyip avait déjà fait demi-tour et se tortillait vers eux en poussant des cris terrifiants. Quelque chose se réveilla à l'intérieur de Pierre, il s'empara d'une lance au sol et transperça le monstre en plein ventre. La bête convulsa, du sang noir coula de la blessure. Il rampa vers un trou entre deux rochers et se laissa glisser à l'intérieur. Pierre revint vers le corps de Kaeli, la prit dans ses bras et la serra contre son cœur. Des larmes jaillirent sans qu'il puisse les arrêter. Il la porta jusqu'à la grotte qui se trouvait au pied d'Uluru. À l'intérieur, il la posa sur un rocher qui ressemblait à une table et elle se changea aussitôt en statue de pierre.

  C'est à ce moment qu'une voix le réveilla.
— Préparez-vous pour la descente. La température au sol est de vingt-cinq degrés...

  Pierre avait le front recouvert de sueur. Il se passa un mouchoir sur le visage et lorsque les trains d'atterrissage de l'avion touchèrent la piste il sentit au fond de lui l'urgence de retrouver Kaeli. Hélas, il venait d'atterrir à Sydney et devait encore prendre un autre avion pour rejoindre Alice Springs.

  Dès qu'il fut dans le hall de l'aéroport, il tenta d'appeler sa femme, sans succès. Il essaya de contacter les amis et la famille dont il avait les numéros, mais personne ne répondit. Il sentait que quelque chose n'allait pas. Le rêve avait donné des pistes, il l'avait prévenu et il se sentait fautif de ne pas avoir écouté.

Le vol qui le ramenait vers elle ne lui avait jamais semblé aussi long. À la descente de l'appareil il ne prit même pas le temps d'aller chercher ses bagages et sauta dans un taxi en direction de la case d'Abie. Quand il arriva, la maison était fermée. Il tapa à la porte des voisins qui lui apprirent qu'elles étaient parties le matin même pour la montagne sacrée.

Uluru se trouvait à six heures de route d'Alice Springs. Sans réfléchir, il loua une voiture et partit sur-le-champ. Il conduisit sans s'arrêter pendant six heures, ses bras étaient douloureux et ses yeux fatigués. Il arriva au coucher du soleil au parc national d'Uluru-Kata Tjuta. Il gara la voiture et remonta le chemin vers le sommet du rocher. Il croisa les touristes qui redescendaient, fatigués de leur ascension. Les jambes lourdes, il se mit à courir quand il entendit quelqu'un crier son prénom. Il se retourna, la vieille Abie était là.

— Pierre, ne monte pas ! Kaeli n'est pas là-haut !
— Où est-elle ? hurla Pierre exténué par sa course.
— Dans la grotte du Bunyip. Viens avec moi. Pierre la suivit jusqu'à la voiture.
— Enlève ta chemise et tes chaussures. Pierre obtempéra sans un mot.

La vieille femme prit un pot de peinture blanche à base d'argile et dessina des formes géométriques sur sa poitrine et ses épaules. Elle referma les signes avec une teinte jaune soleil et termina en lui traçant une bande ocre sur le nez et les joues.

— Tu es prêt, tu portes le chemin du rêve en toi. Suis-le...

Abie lui désigna l'entrée de la grotte au pied du rocher. Pierre y pénétra sans hésiter et reconnut immédiatement ce lieu qu'il avait déjà arpenté dans son rêve. Les peintures agissaient sur lui comme s'il devenait une autre version de lui-même. Il marcha et ressentit Uluru sous ses pieds. La roche était aussi douce que la peau d'une femme.

Son cœur faillit s'arrêter lorsqu'il entendit le cri du Bunyip. Il accéléra le pas, découvrit une rivière souterraine et aperçut contre la paroi Kaeli, le corps entièrement peint, tenant devant elle une lance et une torche. Son corps était recouvert de griffures et du sang coulait de la commissure de ses lèvres.

— Pierre ! Ne reste pas là, va-t'en !

Sans hésiter, Pierre courut vers elle, mais son pied fut retenu par quelque chose. Lorsqu'il se retourna, sa cheville était maintenue par une patte palmée et poilue qui lui rappela l'image du Bunyip dans son rêve. Le monstre sortit la tête de l'eau, dévoilant une mâchoire immense prête à le dévorer. Kaeli frappa la bête de toutes ses forces avec la lance et elle lâcha sa prise. La jeune femme agrippa la main de

Pierre et l'attira puissamment vers elle. Une fois l'un contre l'autre, elle lui murmura :

— Ehren lui a donné ton nom, sa mission est de te tuer ! Notre seule chance, c'est d'invoquer Ngalyod[25], le serpent arc-en-ciel. Il faut que tu gardes le Bunyip à distance pendant que j'implore son aide.

Pierre hocha la tête sans qu'un seul mot puisse sortir de sa bouche. Kaeli ferma les yeux et se mit à chanter dans une langue mystérieuse et magique.

Le Bunyip tenta de nombreuses fois d'attaquer Kaeli, mais Pierre le frappa en esquivant sa lourde mâchoire. Elle chanta de plus en plus vite. C'est alors que la transe commença. Une lumière éclatante sortit de l'eau et le Bunyip fut pris de convulsion. Il se tordit de douleur, hurla, puis s'enfonça brutalement dans l'eau. Il se débattit dans un étrange tourbillon et disparut. Une forme humaine remonta à la surface et Pierre reconnut le corps de l'homme promis à Kaeli : Ehren. Hélas pour lui, la mort l'avait déjà terrassé.

Quelques minutes plus tard, une lueur arc-en-ciel dessina des volutes colorées à la surface de la rivière. Pierre rejoignit Kaeli, éprouvée par la transe. Une autre créature apparut dans la rivière. Elle était magnifique et repoussante à la fois. Celle-ci avait une tête de kangourou et un corps de serpent gigantesque recouvert d'écailles multicolores. Ngalyod ondula sur l'eau vers le couple. La lumière était éblouissante et

---

25 Le serpent arc-en-ciel baptisé Ngalyod est l'un des serpents-dragons vénérés par les aborigènes.

chaleureuse. Le dragon légendaire s'éleva dans les airs et s'enroula quelques instants autour des amants, faisant glisser ses écailles rêches sur leur peau.

Pierre se détendit au contact de Kaeli et il ferma les yeux. Derrière ses paupières, il discerna un chemin rayonnant qui s'enfonçait dans les ténèbres, ondulant de mille couleurs, comme une rivière sans fin. Il le suivit et quand il ouvrit les yeux, Kaeli était à ses côtés, le front en sueur ; elle perdit connaissance dans ses bras.

À l'extérieur, Abie les attendait avec des couvertures. Il ne faisait pas plus de cinq degrés la nuit dans cette zone de l'Outback. Pierre transporta Kaeli jusqu'à la voiture, l'installa à l'arrière et invita Abie à s'asseoir près d'elle. Il conduisit durant cinq cents kilomètres, la tête vide de toute pensée.

Une fois à Alice Springs, ils foncèrent à l'hôpital où la jeune femme fut immédiatement dirigée vers le service des urgences. Pierre observa les infirmiers l'emmener, le regard perdu dans le vide. Abie le ramena vers la réalité en le rassurant chaleureusement :

— L'amour peut, sous certaines conditions, vaincre les démons les plus noirs. Ne t'en fais plus. Le rêve veille sur vous à présent.

Pierre prit la main d'Abie dans la sienne et déclara en souriant :

— J'aime Kaeli bien au-delà de ce que le rêve peut imaginer.

LA FEMME-SQUELETTE

Durant les longues veillées d'hiver, dans les villages eskimo, il n'est pas rare d'entendre l'histoire de cette jeune femme qui avait fait quelque chose qui déplaisait à son mar[26]i. On ne se souvient pas exactement de la cause, mais un jour, il l'avait traînée jusqu'à la plus haute falaise et l'avait précipitée dans la mer. Les villageois avaient entendu ses cris et ses appels au secours, mais personne n'avait levé le petit doigt pour lui venir en aide. Ainsi, la jeune femme était morte noyée. Sa chair avait commencé à se décomposer et elle avait nourri les êtres qui peuplent les abysses. Il ne restait d'elle qu'un fragile squelette dansant au gré des courants. Depuis cette terrible fin, les pêcheurs hésitaient à aller jeter leurs filets dans ses eaux. Ils avaient peur qu'elle vienne hanter les

---

[26] D'après une légende Inuit.

poissons et leur sommeil.

Un jour pourtant, les courants entraînèrent la barque d'un pêcheur légèrement assoupi dans cette crique damnée. Il n'avait pas remarqué son éloignement de la côte. Or, voilà qu'un hameçon vint s'accrocher dans les os de la cage thoracique de la femme-squelette. Ce dernier pensa qu'il avait fait une belle prise et qu'il aurait ainsi à manger pendant quelques semaines. Il tira de toutes ses forces pour remonter le poisson, mais quelque chose résistait. Et, tandis que le pêcheur luttait avec le poids de sa mystérieuse proie, la mer se mit à bouillonner, secouant la frêle embarcation. Et plus il se débattait, plus la femme-squelette s'emmêlait dans la ligne.

Le pêcheur était fort et avait maintes techniques pour garder sa prise, et, alors qu'il se retournait pour rassembler ses filets et finir de remonter son butin, le crâne chauve de la femme-squelette apparut au-dessus des vagues. Le corps tout entier avait émergé et se trouvait suspendu à l'extrémité de sa barque.

« AAHH ! », hurla l'homme quand il aperçut la femme-squelette, terrifié par ce qu'il voyait. Il donna de grands coups de pagaie dans tous les sens afin que ce monstre s'écarte de lui. Puis, le pêcheur se mit à ramer de toutes ses forces vers le rivage. Il ne s'était pas rendu compte que le squelette était accroché à sa ligne et ne pouvait rien faire d'autre que le suivre. Aussi, semblait-il le pourchasser, debout sur ses pieds. Le pêcheur était de plus en plus terrifié. Il avait beau faire des zigzags, le squelette le poursuivait, et ses bras se tendaient comme pour se saisir de lui et l'entraîner dans les profondeurs de l'océan.

« AAHH ! », hurla-t-il à nouveau en touchant terre. Il ne fit qu'un bond hors de son bateau et se mit à courir, sa canne à pêche serrée contre lui, traînant derrière lui, le squelette de corail blanc toujours entortillé à sa ligne.

Le pêcheur escalada les rochers, elle le suivit. Il courut sur la toundra gelée, elle le suivait encore. Il courut sur le poisson qu'on avait mis à sécher dehors, le réduisant en pièces... Elle le suivait toujours ne pouvant rien faire d'autre. Au passage des poissons séchés, la femme-squelette s'empara de quelques morceaux de chair et les mangea, car il y avait bien longtemps qu'elle ne s'était pas nourrie.

Enfin, l'homme atteignit son igloo, plongea à l'intérieur à quatre pattes. Hors d'haleine, il resta quelques minutes à hoqueter dans l'obscurité, son cœur battant douloureusement la chamade. Se croyant à l'abri, il invoqua l'esprit de Sedna, maîtresse des animaux marins afin qu'elle le protège et le pardonne s'il l'avait offensée. Et, lorsqu'il alluma sa lampe à huile de baleine, il la vit. Elle était là, recroquevillée sur le sol de neige, un talon par-dessus l'épaule, un genou contre la cage thoracique. Le pêcheur poussa un cri de terreur et se plaqua dans l'autre coin de l'igloo comme une bête prise au piège.

De longues minutes s'écoulèrent, sans que ni l'un ni l'autre ne bouge. Lorsque son cœur retrouva le calme, il s'aperçut que le squelette restait immobile, qu'il ne cherchait pas à lui faire du mal. À la lueur de la lampe, il trouva que cette créature n'était pas si repoussante et il comprit qu'elle était tout comme lui prise au piège avec un inconnu. Il se rapprocha prudemment, elle ne bougea pas. Alors, quelque chose au fond de lui, peut-être sa solitude ou son humanité, lui intima de tenter de la libérer de la ligne. Il lui murmura doucement quelques mots réconfortants.

« Na, na. » Il commença par désentortiller la ligne de ses doigts de pieds, puis de ses chevilles. Il travailla jusqu'à la nuit, il replaça tous les os dans l'ordre, puis il la couvrit de fourrures pour lui tenir chaud. C'était la première fois qu'une autre créature était dans son igloo, et il se sentit moins seul. Le pêcheur regarda la femme-squelette sans peur. De son côté, elle n'osait faire le moindre mouvement, de peur qu'il s'empare d'elle et la jette sur les rochers pour la mettre en pièces. Elle n'avait pas gardé de bons souvenirs du dernier homme à qui elle avait confié son cœur.

La fatigue eut raison du pêcheur, il commença à somnoler. Il se glissa sous les peaux, et bientôt se mit à rêver. Or, parfois dans le sommeil des hommes, une larme perle de leurs paupières. Nous ignorons quelle sorte de songe en est la cause, mais cela doit être un rêve triste ou bien un rêve où s'exprime un désir. Dans son imaginaire, cette nuit-là, il vit la mort danser devant lui. Elle était belle, drapée d'un voile de brume. Son crâne lisse reflétait les étoiles et la lune. Il lui prit les mains et ils valsèrent ensemble sans peur. Sa solitude lui pesait tant, qu'il rêvait très souvent que quelqu'un se blottisse dans ses bras, il rêvait aussi que la faucheuse vienne le prendre pour mettre fin à son isolement. Cette danse entre la vie et la mort le fatiguait, il souhaitait que cela finisse.

La femme-squelette vit la larme scintiller à la lueur de la lampe et soudain, elle eut terriblement soif. Elle déplia ses os et se glissa vers l'homme endormi, puis posa sa bouche sur cette perle d'eau salée. Cette unique larme fut pour elle comme une rivière à ses lèvres assoiffées. Elle but encore et encore, jusqu'à étancher la soif qui la consumait depuis si longtemps.

Pendant qu'elle était allongée près de lui, elle plongea la main à travers la poitrine de l'homme endormi, et mit au jour son cœur. Elle s'assit en tailleur et tapa des deux côtés du précieux cœur-tambour. Et tandis qu'elle jouait ainsi, elle se mit à chantonner : « De la chair, de la chair ! De l'amour, de l'amour ! » Et plus elle chantait, plus son corps se couvrait de chair. Son crâne se vêtit d'une belle chevelure ondulante comme une rivière sombre. Dans ses orbites naquirent deux yeux étincelants d'un vert émeraude... Sa poitrine, ses hanches... Elle eut tout ce dont une femme a besoin.

Quand l'enchantement fut terminé, elle ôta les vêtements de l'homme endormi et se glissa dans les fourrures de bêtes à ses côtés, peau contre peau. Elle rendit au pêcheur son tambour magnifique, son cœur, et vint se blottir contre sa poitrine pour l'entendre battre. C'est ainsi qu'ils se réveillèrent, l'un à l'autre entrelacés. Les mains du pêcheur sentirent la peau douce de la nouvelle femme-squelette, il la caressa tendrement et la serra contre lui.

Quand il ouvrit les yeux, il découvrit sans surprise la femme-squelette contre son corps. Il l'avait tant désirée dans ses songes, tant attendu sur la banquise qu'un sourire d'enfant illumina son visage. C'était elle. La mort avait sans doute eu pitié de sa solitude... ou serait-ce Sedna ?

Cette histoire venue d'un temps ancien nous éclaire sur le véritable amour, celui qui n'a pas peur d'affronter les ténèbres, ôter les liens, donner son cœur et ses larmes les plus intimes à l'autre. Le cadeau offert en retour, c'est un amour qui ne craint plus de mourir pour se réinventer.

Écoutez le chant de la femme-squelette, n'ayez plus peur d'elle, vivez cette vie intense et pleine de richesse.

FANTÔME

Au nord-ouest des États-Unis, certains animaux sont de véritables légendes. Le cheval fantôme[27] des plaines est un de ceux-là. Selon les Indiens "Nez-Percés", il appartiendrait à la famille des Appaloosas, sa robe est blanche comme la neige, sa crinière légèrement dorée et le bout de ses oreilles noires comme la nuit. Aucun Indien et aucun cow-boy n'ont jamais monté cet étalon, et seuls quelques chanceux ont pu l'apercevoir filer dans la prairie effleurant le sol comme une brise légère.

Le cheval fantôme était supérieur à tous les autres chevaux indiens. L'imagination humaine voyait en lui le symbole vivant de la liberté, puissante et insaisissable. Sa légende à parcouru l'immensité des plaines au fil du vent et des cavaliers qui venaient des

---

[27] D'après une légende américaine du XVIIIe siècle.

quatre coins du pays, car ils avaient entendu parler de lui et rêvaient de le capturer.

À la fin du XIXe siècle, Andy Matters et une dizaine de cow-boys étaient partis à la chasse aux bisons. Alors qu'ils rentraient, contents d'avoir fait de bonnes prises, ils aperçurent une bande de chevaux sauvages à côté des montagnes de Santa Ana. À leur tête, ils remarquèrent le plus magnifique des étalons blancs jamais vus. Sa longue crinière dorée battait au vent tel des cheveux d'or, alors que ses sabots effleuraient le sol comme un oiseau de proie. Les cavaliers se lancèrent à sa poursuite, mais ce dernier était bien plus rapide qu'un cheval ordinaire et il abandonna son clan pour disparaître à l'horizon. Durant plus de trente jours, Andy et ses hommes le traquèrent sans résultat. Ils suivirent de loin les chevaux sauvages dans l'espoir de voir le retour de leur étalon. Mais, le cheval fantôme était bien plus intelligent que le reste du troupeau et il se garda bien de refaire surface.

Pourtant un soir, alors que les autres cow-boys venaient de s'endormir, Andy, toujours hanté par le galop léger de l'étalon fantôme, ne trouvait pas le sommeil. Il se leva et marcha quelques minutes dans la plaine sous une lune bienveillante. C'est là qu'il aperçut une tache blanche émerger des herbes hautes, il s'en approcha silencieusement et ce qu'il vit faillit bien arrêter son cœur. Le cheval fantôme était couché au sol, la tête contre son flanc. Andy n'avait pas son lasso sur lui, il posa sa main sur son revolver dans l'idée de le blesser légèrement, mais il ne trouva pas la force de le faire. Il resta quelques minutes à le contempler, puis il vit le bout de ses oreilles noires frémir et entendit au loin ses amis qui criaient son nom. Andy regarda le cheval ouvrir les yeux. Il ferma la main sur son revolver, mais le cheval était déjà loin, filant comme le vent vers l'horizon.

Andy et ses compagnons pourchassèrent le cheval sur des kilomètres, et puis un matin, la neige se mit à tomber. L'hiver était là. La poudreuse blanche offrait au cheval fantôme un camouflage idéal pour des mois. Andy et ses hommes rebroussèrent chemin vers leurs ranchs respectifs le cœur lourd. Il y a des quêtes qui sont difficiles à abandonner, surtout pour Andy, qui avait eu la chance de l'approcher de si près.

L'hiver devint de plus en plus rigoureux. Mais tapis au coin du feu, Andy voyait toujours en rêve le magnifique cheval endormi à porter de sa main. Au printemps, de nombreux vaqueros mexicains arrivèrent pour aider aux travaux du ranch. Lors d'un repas, l'un d'eux raconta à tous comment il avait capturé le cheval fantôme au lasso. Andy sentit son cœur se serrer dans sa poitrine et écouta comme tous le monde :

— C'était une nuit, je n'arrivais pas à dormir. J'ai marché un moment et je suis tombé sur lui par hasard. Il dormait. Je n'avais sur moi que mon lasso. Alors, j'ai tenté ma chance et je ne suis pas trop mauvais. Je l'ai eu du premier coup ! Il s'est relevé aussitôt et s'est mis à courir, mais je l'ai freiné avec mon corps. Ce cheval a une force impressionnante, j'ai cru que j'allais devoir lâcher mon lasso. Nous avons combattu pendant plus d'une heure. Son cou était en sang à force de tirer et de mon côté, mes mains étaient écorchées, elles aussi. Regardez mes cicatrices ! Puis, il a commencé à se cabrer pour tenter de m'assommer avec ses sabots. J'ai encore tenu le coup. Je ne sais comment !
— Est-ce que tu as pu le monter ? Cria l'un des cow-boys excités par cette histoire.
— Non, impossible. On aurait dit un serpent géant, c'était trop dangereux de l'approcher. Deux autres vaqueros sont venus me donner un coup de main. Ils l'ont accroché avec leurs lassos et nous l'avons immobilisé. Il est resté sans bouger, à nous regardé pendant des heures et des jours. Et puis, un matin, nous l'avons retrouvé sur le flanc. Il ne respirait plus.
— Vous l'avez tué ?
— Et bien, c'est difficile à dire...
— Comment ça ? Il est mort ou il est vivant ! Cria Andy presque furieux.

— Le jour où nous l'avons enterré, nous avons vu quelque chose filé dans la plaine. Nous avons tous pris nos montures, et avons poursuivi cet autre cheval sans en croire nos yeux. C'était le cheval fantôme !
— Mais, c'est impossible ! Crièrent en cœur tous les cow-boys.
— C'était bien lui pourtant ! La robe blanche comme la neige, la crinière légèrement dorée comme brûlée par un feu ardent et le bout de ses oreilles noires comme la nuit. Ses sabots semblaient à peine effleurer le sol et ils couraient à une allure où aucun cheval ordinaire ne peut le rattraper. Ensuite, une brume épaisse s'est levée et il disparut à jamais.

Andy laissa la tablée poursuivre leur bavardage, il sortit prendre l'air et regarder l'horizon. Le vent était encore frais. Au fond de son cœur, il savait que le récit du vaquero était vrai.

Ce cheval est immortel et insaisissable comme le vent et la liberté. Aucun homme ne pourra jamais le monter, ni le dompter. Il trouvera toujours un moyen de regagner l'immensité des plaines où ses sabots volent tel un aigle donnant naissance aux rêves et aux histoires les plus folles !

MOMOTARO SUR L'ÎLE DES DÉMONS

Ayumi et Daijirō[28] vivaient déjà depuis très longtemps l'un avec l'autre, mais malgré un amour tendre et profond, aucun enfant n'était venu illuminer leurs vies. Cela ne les rendait pas malheureux pour autant, car ils étaient devenus les grands-parents adoptifs de tous les enfants du village.

Heureusement, le destin réserve toujours de belles choses aux personnes qui ont un grand cœur. Un matin, comme à son habitude, Ayumi se rendit à la rivière pour y laver son linge. Ce jour-là, aucune autre femme ne s'y trouvait et elle fit sa lessive seule. C'est alors qu'elle remarqua une pêche, d'une taille extraordinaire, qui descendait le cours d'eau en flottant. Ayumi savait que ce fruit ferait la joie de Daijirō, aussi, malgré son grand âge elle s'avança dans

---

[28] Momotarō est un héros du folklore japonais. Ce nom signifie « garçon de pêche ».

le courant pour la recueillir.

    Quand Daijirō rentra de la forêt où il coupait du bois, un sourire gourmand illumina son visage en voyant la magnifique pêche qui l'attendait. Il embrassa Ayumi tendrement et découpa la pêche en deux pour la partager avec elle. Quelle ne fut pas leur surprise en découvrant au creux du fruit un beau petit garçon aux yeux remplis d'amour. Ayumi et Daijirō virent là un signe du destin et ils décidèrent d'adopter l'enfant aussitôt. Ils le baptisèrent : Momotarō, « le fils de la pêche ». Ayumi prépara son délicieux ragoût et ils se mirent tous les trois à table comme une vraie famille. Momotarō avait bon appétit et il se développa à vue d'œil. En quelques jours, il était devenu aussi grand que Daijirō.

    Momotarō, était l'enfant idéal, il comblait parfaitement le cœur de ses parents, mais il possédait tout de même un petit défaut : la paresse. Ses journées étaient rythmées par les copieux repas que lui mitonnait sa mère et par les siestes qu'il faisait en rêvassant sous les nuages. Ayumi était heureuse ainsi, Daijirō quant à lui, se faisait beaucoup de souci et la fainéantise de Momotarō le mettait dans l'embarras. Il regrettait qu'il ne sente pas le désir de réaliser quelque chose de sa vie. Aussi, il demanda aux garçons de l'âge de son fils de le motiver à aller travailler avec eux.

    Les jours suivants, les jeunes du village vinrent

à l'heure du petit déjeuner, pour inviter Momotarō à les accompagner. Mais ce dernier refusa prétextant qu'il n'avait pas de hotte pour porter le bois. Ayumi réussit à le convaincre d'aller avec eux. Elle lui prépara ses délicieux kibi dangos, gâteaux de millet, et il prit la route de la forêt avec le groupe de jeunes hommes. Mais pendant que les autres faisaient des fagots de bois, Momotarō se reposait sur les racines d'un vieux camphrier. Lorsque le soleil entama son chemin vers l'horizon, les garçons lui firent signe qu'ils s'apprêtaient à rentrer. Momotarō les interpella :
— Attendez-moi, je ramasse un peu de bois ! L'un d'eux lui répondit avec énervement.
— Tu plaisantes ! Au rythme où tu travailles, nous en aurions pour la nuit !

Sa réplique fit rire l'ensemble du groupe et ils prirent le chemin vers le village quand ils entendirent un puissant craquement derrière eux. Les bûcherons se retournèrent et virent Momotarō les rattraper en transportant un arbre entier sur l'épaule. Quand ils arrivèrent, tous les villageois admirèrent la force surnaturelle de Momotarō. Ce soir-là, Ayumi et Daijirō étaient les plus fiers des parents. L'exploit de leur fils ne resta pas longtemps dans les limites de leur bourgade, car le seigneur du pays en entendit parler et il convoqua le jeune garçon sur-le-champ. Ainsi Momotarō se rendit-il au palais du Seigneur Kōrei qui

lui exposa son ennui :
— J'ai un gros problème qui me préoccupe. Une bande d'Onis terrifie ma province. Ils maltraitent les paysans et volent les commerçants. Si tu es aussi fort qu'on me l'a rapporté, tu pourrais aller sur l'île d'Onigashima qui leur sert de repère et les corriger ?
— J'accepte ! répondit le jeune garçon qui sentait au fond de lui se réveiller l'âme d'un justicier.
  Le lendemain, Momotarō revint chez lui avec la ferme intention de partir pour l'île aux démons et de leur donner une bonne leçon.
— Les Onis sont redoutables, même ta force ne suffira pas à vaincre leurs griffes et leurs terribles massues ! Larmoya Ayumi en cachant son visage dans son tablier.
— Seul tu ne pourras y arriver mon fils. Ces démons sont si puissants que même le seigneur Deigo et ses samouraïs n'ont rien pu faire. Se lamentait Daijirō qui regrettait à présent le temps où Momotarō rêvassait sous les nuages.
— Mes chers parents, je sens que je dois y aller. Si personne ne fait cesser leurs agissements, les Onis pourraient un jour s'en prendre à vous et je ne le veux pas ! Faites-moi confiance, je reviendrai. Rassura Momotarō en préparant ses affaires. Ayumi, lui offrit un sachet de ses délicieux kibi dangos qu'elle avait cuisiné avec tout son amour et Daijirō, lui remit son

vieux sabre pour combattre les démons. Momotarō leur fit ses adieux et partit pour l'aventure.

Cela faisait déjà quelques heures qu'il marchait quand il rencontra un chien.
— Où vas-tu ainsi ? Lui demanda le chien.
— Sur l'île des démons pour leur donner une bonne correction !
— Qu'y a-t-il dans le sachet attaché à ta ceinture ?
— Les meilleurs kibi dangos de tout le Japon. Répondit Momotarō avec fierté.
— Si tu m'en offres un, je viendrai avec toi et tu ne le regretteras pas. Car les Onis sont nombreux et je te serai certainement d'une grande aide ! Momotarō lança un gâteau au chien et tous deux continuèrent leur chemin vers le port.

Puis, ils rencontrèrent un singe et un faisan qui souhaitaient, eux aussi, manger un délicieux gâteau de millet en échange de leurs services. Momotarō accepta et il se retrouva ainsi escorté d'un chien, d'un singe et d'un faisan sur la route qui le menait à l'île des démons. Quand ils arrivèrent au port, Momotarō expliqua sa mission aux pêcheurs qui lui offrirent aussitôt une petite barque. L'étrange compagnie navigua vers l'horizon sans apercevoir la moindre île. Le faisan s'élança alors dans les airs et tournoya autour de la barque pour repérer la cachette des démons.

— Momotarō, l'île est sur ta droite, vers le soleil couchant ! Cria l'oiseau en se posant sur son épaule. Momotarō dirigea sa barque dans la bonne direction.

Ils débarquèrent sur l'île de nuit. Momotarō ne savait pas où trouver les Onis. Le chien au flair infaillible commença à chercher une piste et la trouva. Il mena le petit groupe vers une paroi rocheuse qui leur sembla infranchissable. Heureusement, le singe l'escalada sans effort. Une fois au sommet, il lança une corde à ses compères qui grimpèrent ainsi facilement.

En haut, ils découvrirent l'entrée d'une grotte. Mais avant de se lancer dans les profondeurs de la terre, Momotarō distribua à ses amis ses derniers kibi dangos qui leur redonnèrent un peu de courage. Le chien, le faisan et le singe n'étaient pas très rassurés à l'idée d'entrer ainsi dans le domaine des démons, mais par fidélité, ils emboîtèrent le pas de Momotarō. Après une longue marche à travers un labyrinthe de galeries humides, ils entendirent des voix aux sonorités effrayantes. Ils découvrirent les démons, armés de massues en train de festoyer avec le butin de leurs derniers méfaits. Sans trembler, Momotarō s'annonça d'une voix ferme :
— Je suis Momotarō et après la correction que je vais vous donner, plus jamais vous n'oserez quitter cette île infernale !

Tous les Onis se retournèrent surpris de la

présence de ces étrangers dans leur repère. L'un d'eux, plus imposant et effrayant que les autres, s'avança vers eux une massue dans la main. Il frappa le sol de la grotte avec tant de force que Momotarō en tomba à la renverse. Ce fut le début des hostilités. Le chien ne perdit pas de temps et se lança dans la bagarre en mordant ici une jambe, là un bras. À sa suite, le faisan picora les têtes et le singe griffa tous les démons qu'il put. Quant à Momotarō, les gâteaux de millet d'Ayumi décuplèrent ses forces et grâce au sabre de Daijirō, il vainquit vaillamment un grand nombre de démons jusqu'à tenir en joue l'impressionnant Ura, leur chef, qui implora Momotarō de cesser le combat.

— Ayez pitié ! Supplia-t-il en se frottant le front du dernier coup de bec que venait de lui administrer le faisan.

— Très bien ! Répondit Momotarō satisfait. Rendez-nous tout ce que vous avez volé, jurez-moi de ne jamais plus quitter cette île et je vous laisserai la vie sauve ! déclara Momotarō d'un ton ferme. Sans hésiter, les brigands déposèrent leur butin aux pieds de Momotarō et promirent de ne jamais s'éloigner de leur île.

Ayumi et Daijirō se faisaient bien du souci pour leur fils. Chaque jour ils venaient s'asseoir devant leur maison pour scruter l'horizon. Et un matin, qu'elle ne fut pas leur joie quand ils aperçurent

Momotarō de retour sain et sauf, les bras chargés de trésors et qui plus est, escorté d'un chien, d'un singe et d'un faisan. Momotarō serra longuement Ayumi et Daijirō contre lui en les remerciant infiniment, car dans son périple, leur amour n'avait jamais cessé de l'inspirer.

Momotarō vécut heureux et prospère en compagnie de sa famille et de ses fidèles compagnons. Les Onis, quant à eux, restèrent bien sagement sur leur île d'Onigashima et ne troublèrent plus la vie des hommes qui finirent même par voir en eux des esprits protecteurs qu'il fallait honorer.

ENZO ET DINA

Mon amour, tu es ma terre, mon pays, le lieu secret où je dépose mon cœur et mes colères. Dans tes bras, je sens ma vie éclater de rire et mes sens frémir à tes murmures... Mon seul malheur est que la vie ait oubliée de nous placer l'un à côté de l'autre.

Il était une fois...

Enzo, un petit garçon solitaire, s'amuse à fabriquer des avions en papier. Il essaye différents pliages afin que ses créations planent le plus loin possible dans la vallée.
En regardant s'envoler ses petits avions fragiles, son cœur tambourine et devient léger, puis, son regard fixe l'horizon derrière l'invisible et son cœur se serre.

Dina, petite fille sage dans sa chambre rose, gribouille quelques mots sur une feuille de papier, puis, elle la froisse, en fait une petite boule et la suspend à un fil rouge qu'elle noue à un arbre dans le jardin de ses parents.
Ces petits mots magiques virevoltent sous la brise fine du printemps et Dina rêve qu'un jour ils prendront vie et viendront la réconforter.

Dans un coin de son corps, elle sent leurs cœurs s'aimanter douloureusement.

Enzo a cessé de jouer avec des avions en papier et pilote à présent de vrais avions d'acier. Il brise l'air et le mur du son, sa puissance et sans limites, mais au fond de son cœur, il sent toujours une fêlure qui le pousse à aller plus vite et plus loin.

Aujourd'hui, Dina écrit des romans. Elle invente des histoires qui font rêver les gens de son pays, mais elle ne trouve jamais le réconfort qu'elle cherche, alors elle continue d'aligner des mots. De temps en temps, encore, elle suspend quelques mots à l'arbre dans le jardin, on ne sait jamais!

Des centaines de fois, tu étais là, mon amour impossible!

Intouchable, caressé par mes rêves, embrasé de mes silences.

Enzo est envoyé en mission, dans un pays lointain. Il n'attendait que ça. Franchir l'océan, aller là-bas où se trouve peut-être la réponse à ses tristesses. Malgré le risque, il sent son cœur léger, prêt à bondir.

Dina, voit son pays entrer en guerre contre le monde entier. Malgré la peur, elle continue d'écrire, ne sachant rien faire d'autre pour apaiser son cœur qui attend toujours que l'on vienne le nourrir.

Mon amour, apaise ce qui me torture,
Je consolerai ce qui t'assombrit.
Mets tes bras autour de moi et berce-moi...
Berce- moi, comme on berce un enfant trop fragile.

L'avion d'Enzo traverse l'océan, enfin ! Le pays qu'il découvre est en guerre. Le ciel est déchiré d'éclairs. Malgré la peur, les explosions, Enzo sent son cœur tambouriner à l'unisson.

Dina sursaute. Une explosion vient de se produire non loin de sa maison. Elle n'arrive pas à s'y habituer. Le ciel de son pays est sans cesse d'une couleur rouge poussière. Une larme coule sur sa joue, elle prend un papier, et y écrit:

L'amour n'a ni patrie, ni frontière.
Tu me manques...Où es-tu?

Dina froisse le papier, en fait une boule, puis prend un fil rouge et sort de chez elle pour aller suspendre son désespoir à son arbre d'enfance.

Enzo est touché. Son avion commence à planer, comme jadis ses petits avions en papier. Enzo se sent léger, mais il reprend très vite ses esprits et saute en parachute avant que l'avion ne s'écrase.
Enzo voit le sol se rapprocher, le vent le ballote d'un côté à l'autre, pour finalement le propulser violemment sur un arbre.

Dina sursaute, l'arbre de son enfance se retrouve enveloppé d'un voile blanc, elle est prise au piège de ce tissu. Elle voudrait hurler, mais rien ne sort de sa bouche. Elle trouve presque cela beau...Son arbre habillé de blanc avec tous ses petits mots d'espoirs ligotés de fil rouge.

Enzo, revient à lui. Il ouvre les yeux et découvre devant lui, un petit bout de femme recouverte de voile blanc.

Enfin te voilà !

Mon amour, celui où je dépose mon cœur, mes colères et tous mes mots.

Dans tes bras, je sens ma vie éclater de rire et mes sens frémir à tes silences.

Mon seul malheur aujourd'hui est que la vie t'éloigne à nouveau de moi.

Biographie :

La Luciole Masquée est née au printemps 1975. Diplômée de l'École supérieure des Beaux-Arts de Perpignan et d'un certificat de vendeur en librairie, elle exerce depuis plus de vingt ans dans le monde du livre aux postes d'éditeur, libraire et autrice. Son premier album, *La Belle et Ganesh*, aux éditions de Karibencyla, est salué par les professionnels et le public. Depuis ses débuts, elle navigue entre tous les genres qui lui permettent de faire voyager son imaginaire et le lecteur avec elle. Aujourd'hui, elle vit dans le sud de la France et partage son temps entre l'écriture et son métier de libraire.

« L'écriture c'est un cœur qui se confie, qui chuchote, qui chante, qui rit et qui offre tout cela au lecteur. »

www.lalaciolemasquee.com

DU MÊME AUTEUR

Aux éditions de Karibencyla

BARBE BLEUE ET COMPÉ LAPIN
LA BELLE ET GANESH
BLANCHE- NEIGE ET LES KORRIGANS
CENDRILLON ET L'OISEAU DE FEU
PEAU D'ÂNE ET LES TANUKIS
JORDI, LE DRAGON ET LA PRINCESSE

Aux éditions nobi nobi !

URASHIMA TARÔ ET LE ROYAUME
DES SAISONS PERDUES

Aux éditions Locus Solus

CRÉATURES CELTIQUES

En auto édition

BLEUE DE TOI

CARNET DE DESSINS

(à colorier avec de jolis crayons de couleur)

« Les légendes naissent pour guider, émerveiller et plonger les hommes dans un monde où chacun peut donner un sens à sa propre destinée. »

« *Ton cœur est partout à présent et le mien restera à jamais avec toi. Il court lui aussi libre et sauvage dans cette forêt.* »

« *Tu as apporté la mort dans mon domaine. Tu recevras la mort dans le tien !* »

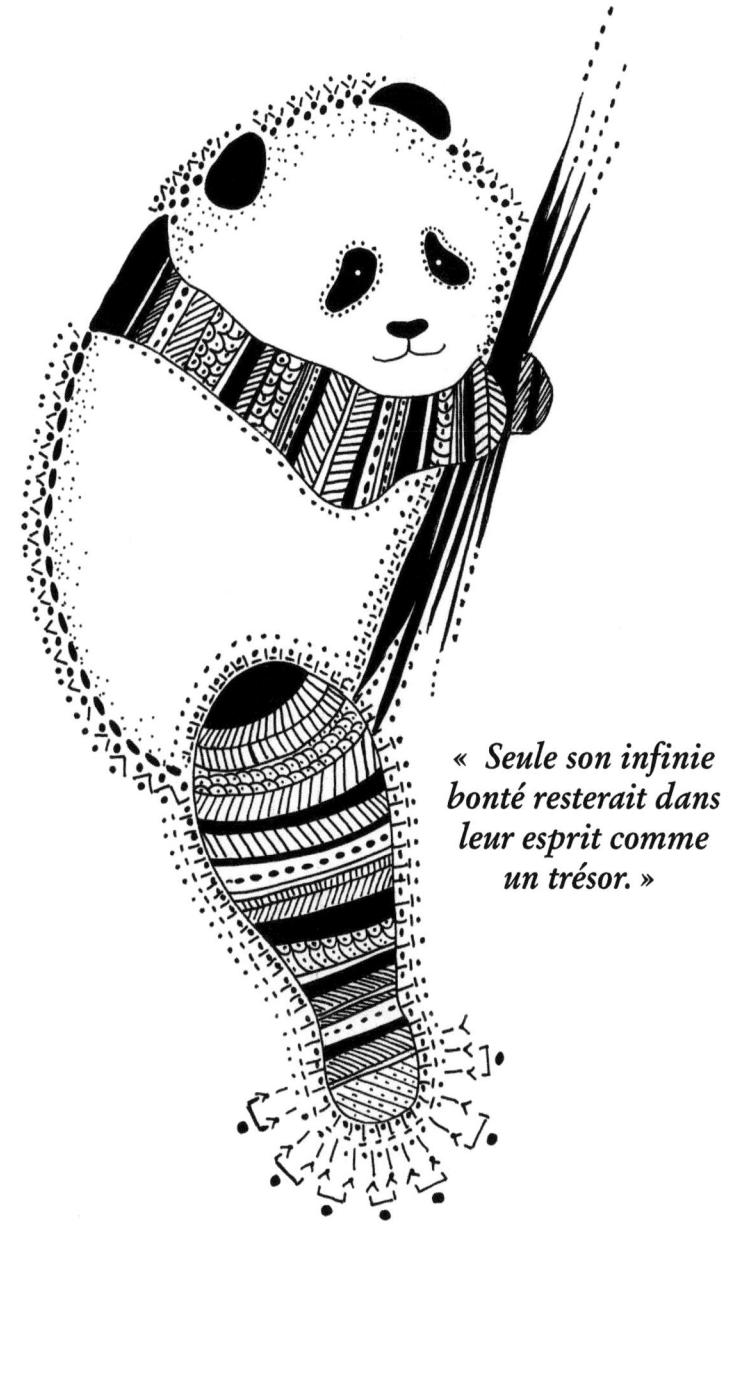

« *Seule son infinie bonté resterait dans leur esprit comme un trésor.* »

« *La musique transforme un simple bout de de fer en pure magie.* »

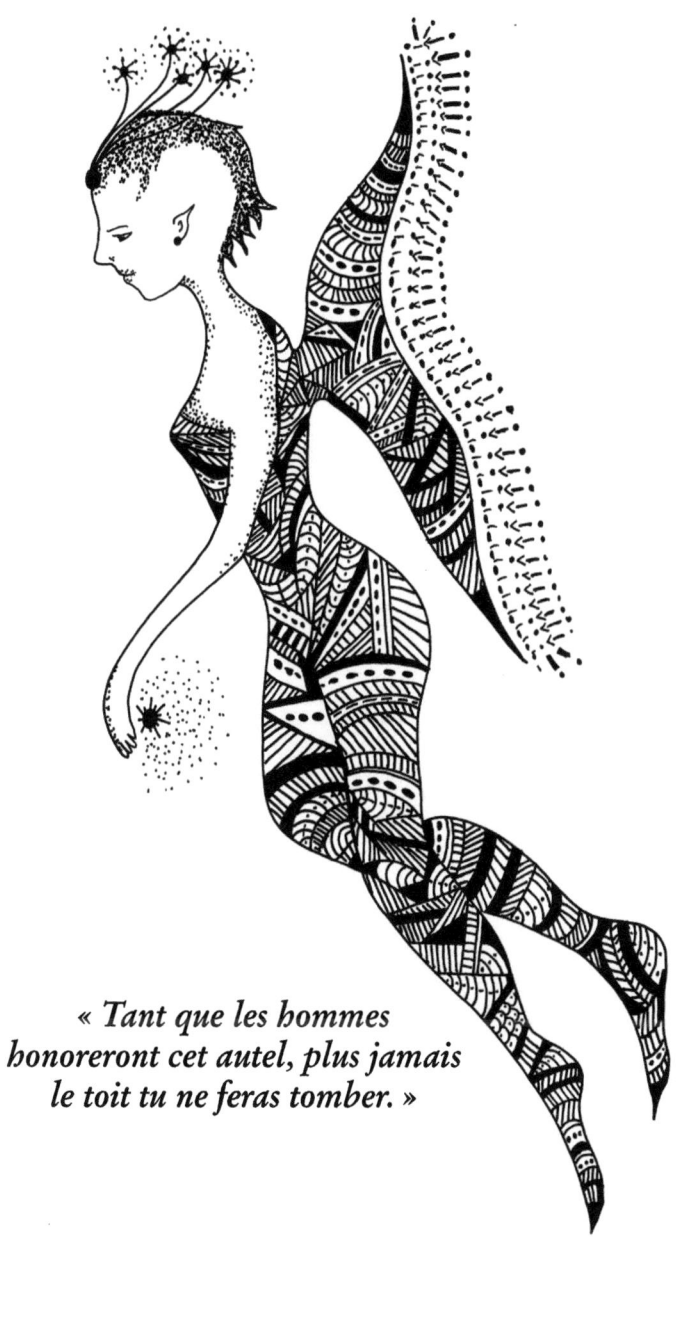

« *Tant que les hommes honoreront cet autel, plus jamais le toit tu ne feras tomber.* »

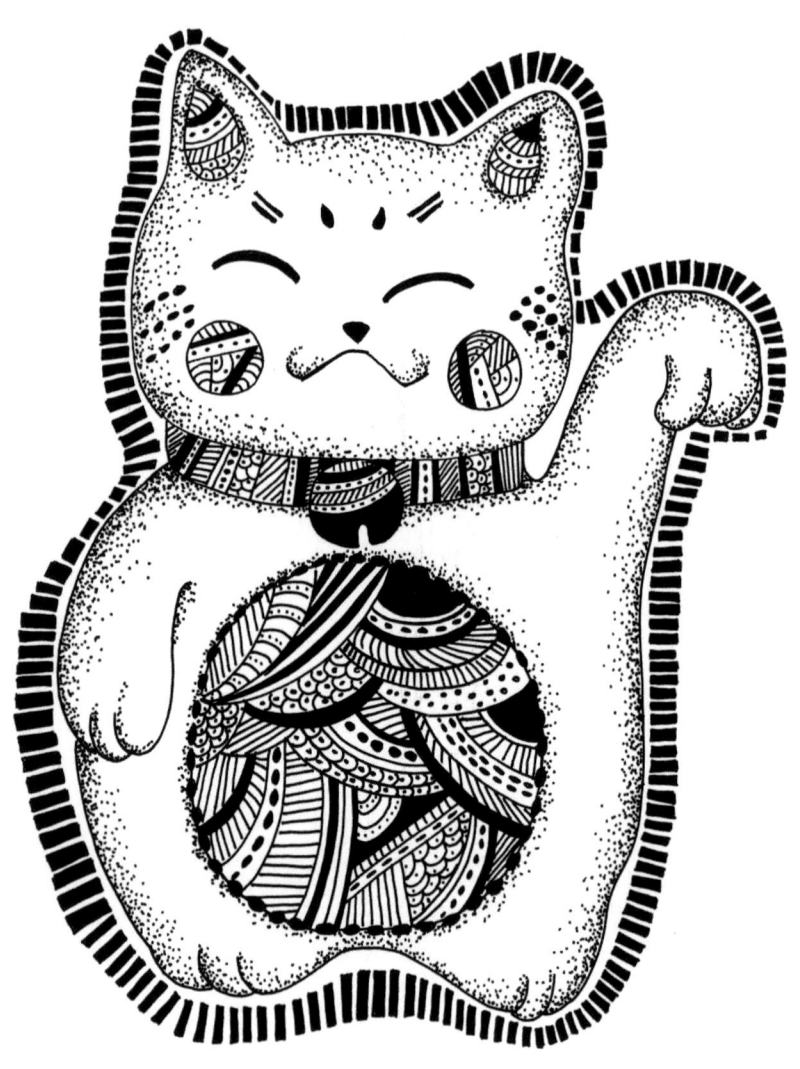

« *Pierre précieuse.* »

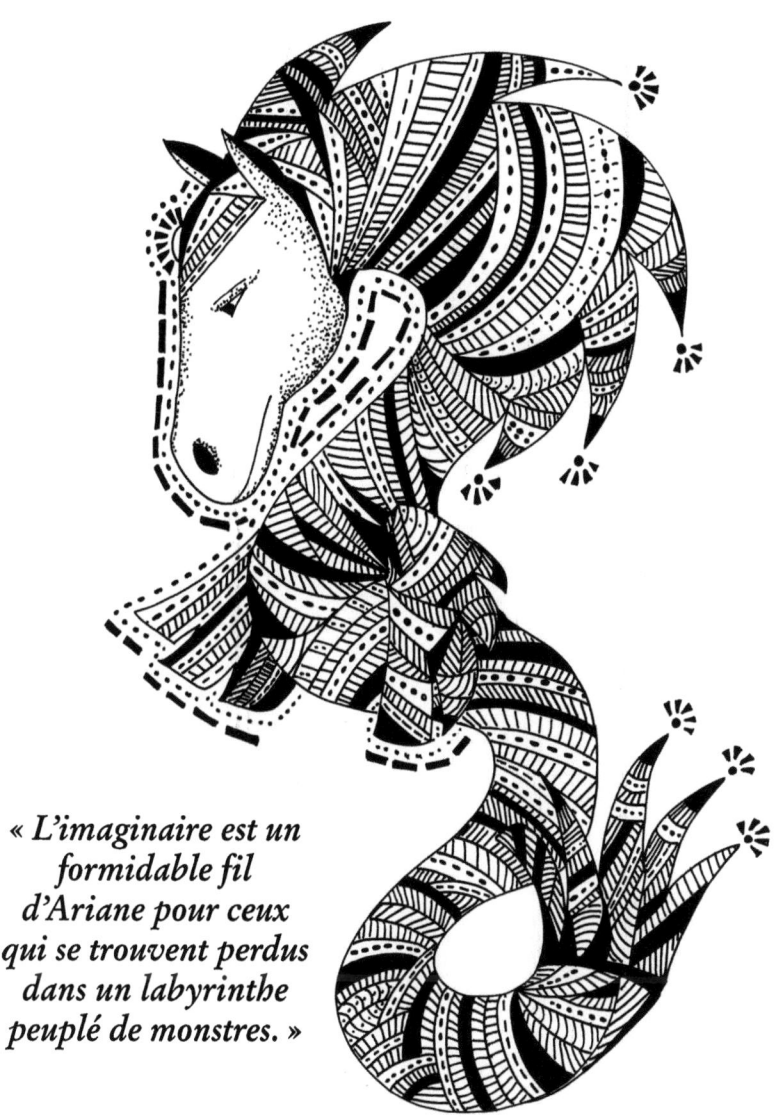

« L'imaginaire est un formidable fil d'Ariane pour ceux qui se trouvent perdus dans un labyrinthe peuplé de monstres. »

« *Le réel abrite toujours la féerie, il suffit de savoir le regarder.* »

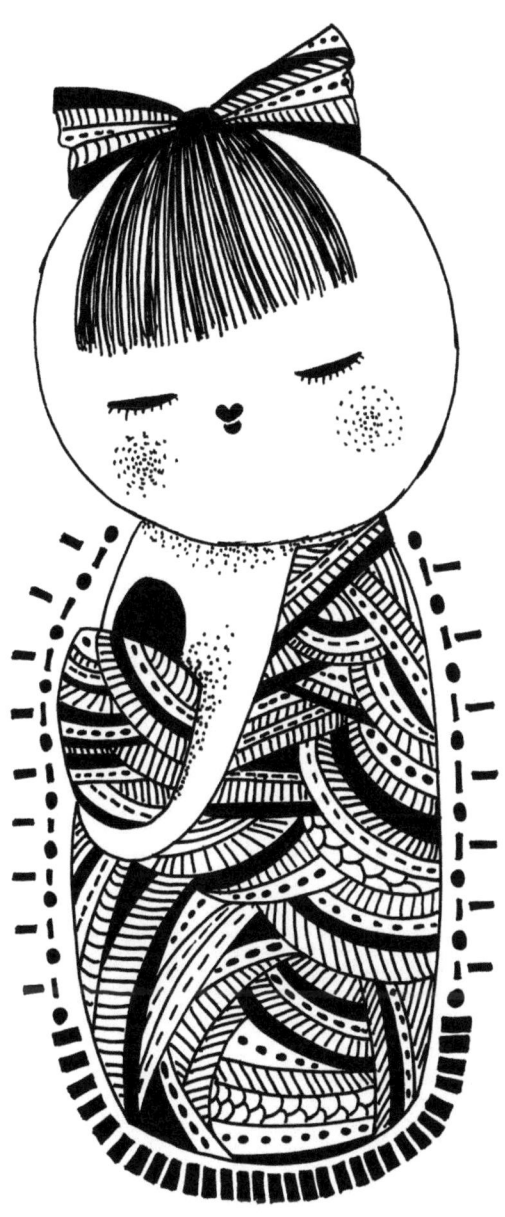

« *Tu ressembles à une petite fille, mais tes yeux sont sauvages.* »

« On peut fermer les portes à clef, bâtir des murs, rien ne retient bien longtemps un Leprechaun. Le plus important, c'est de garder un peu de sa magie »

« On ne peut réveiller quelqu'un qui fait semblant de dormir. »

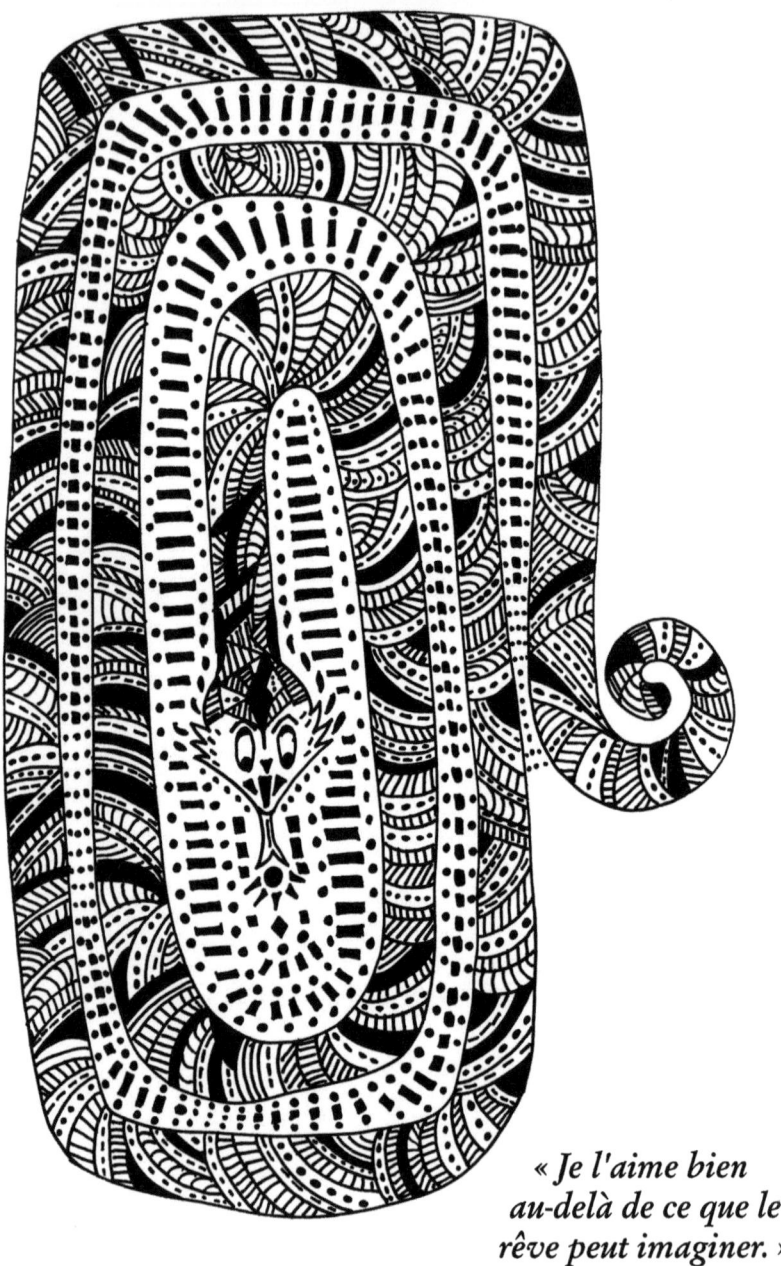

« *Je l'aime bien au-delà de ce que le rêve peut imaginer.* »

« *De la chair, de la chair !*
De l'amour, de l'amour ! »

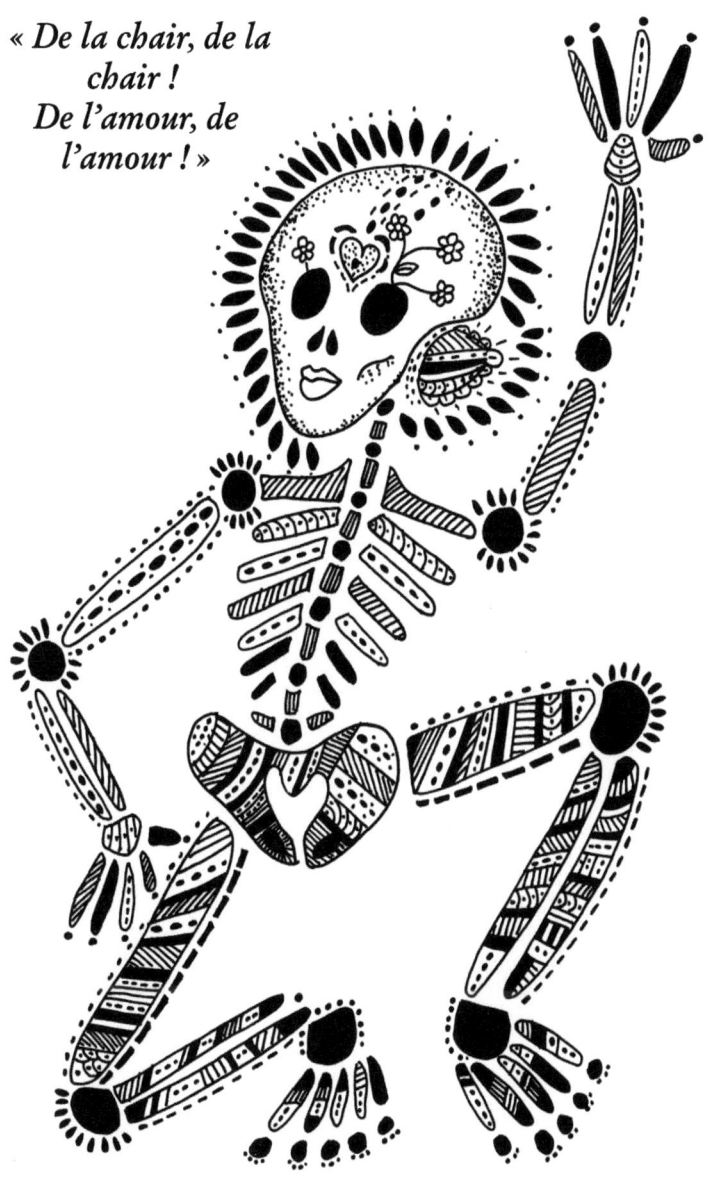

« *Le fils de la pêche.* »

*« Ce cheval est immortel
et insaisissable comme
le vent et la liberté. »*

« *Dans tes bras, je sens ma vie éclater de rire et mes sens frémir à tes silences.* »

Table des matières

Pour l'amour de Pyrène..................9
Les yeux verts..................21
Le baiser..................47
Les larmes de Panda.................. 61
Amazing Grace..................69
Fées et gestes..................83
Coeur de Maneki-neko..................99
Une robe étoilée..................107
Dans son ombre..................121
Un merveilleux trésor..................137
L'enfant loup..................147
Le réveil du monstre..................163
Arc-en-ciel..................177
La femme-squelette..................191
Robe blanche..................201
Momotaro sur l'île des démons..................209
Enzo et Dina..................219
Biographie..................225
Bibliographie..................227
Carnet de dessins..................229